廣岡義隆編

蓬左文庫本

出雲國風土記

影印
翻刻

塙書房刊

目　次

影印・翻刻

蓬左文庫本から日御碕本へ――『出雲國風土記』写本考――

はじめに

『出雲國風土記』は良好な伝本に恵まれていない。書写年が明確なのは細川幽斎（一五三四～一六一〇）が江戸内府御本を書写させた細川家本『出雲國風土記』で慶長二年（一五九七）一〇月の識語がある。倉野憲司氏（一九〇二～一九九一）旧蔵本の倉野本『出雲國風土記』は書写年次が不明である。倉野本は細川家本に極めて近い内容であり、書写年次は細川家本に近接すると見られる。田中卓氏は「現存最古の出雲国風土記古写本」（「出雲國風土記諸本の研究」『田中卓著作集8』所収）とする。

ここに影印で公刊する蓬左文庫本『出雲國風土記』（名古屋市蓬左文庫蔵本）は徳川本・徳川家本とも称される本で、尾張藩初代藩主である徳川義直公の集書になる本である。書写者、書写年次は不明ながら、日御碕本の親本としてあり、一六三四年七月以前の写本である。

その日御碕本『出雲國風土記』は、徳川義直公が右筆に書写させ日御碕神社（出雲市）へ奉納した本としてあり、識語から寛永十一年（一六三四）七月の献納が明記されている。即ち、蓬左文庫本と日御碕本とは親子関係にある写本であるが、純粋な書写関係にあるかというと、微妙な写本実態がある。このことについては、巻末に収めた「蓬左文庫本から日御碕本へ」を参照されたい。

右の四本（細川家本・倉野本・蓬左文庫本・日御碕本）は、加藤義成氏がいう「再脱落本」系写本（同氏『校本出雲國風土記　全』）になり、しかも或る段階で極端な草書体の過程を経てはいるが（加藤義成氏「出雲国風土記「三澤郷」地名考」同氏『出雲国風土記論究』上巻所収）、現存する『出雲國風土記』の写本として古姿を留める善本としてある。

秋本吉徳氏によって『出雲国風土記諸本集』（勉誠社）が影印刊行されている。同本が収めるのは細川家本・倉野本・日御碕本と『萬葉緯』本であり、ここに蓬左文庫本がなぜか漏れていて遺憾である。此の度、塙書房の英断によって、本書が広く皆様に御覧戴けるようになったのは、何よりの喜びである。風土記研究としては当然のことながら、文学・史学を初めとし、広く江湖の各位に基本的文献として届けられるのは欣喜極まりない。

徳川義直公が『出雲國風土記』を手にした時、この本の価値に思いを致し、出雲国（日御碕神社）に献納することにより、この日御碕本から『出雲國風土記』の写本は江戸期に大量に書写されていった。また日御碕本そのものへも、直接に書き込まれ、訓が施され、研究されていった。こうした経緯を思う時、敬公徳川義直ご自身も、本書の影印刊行を慶んでおられるに違いないと思うものである。

なお、右に挙げた『出雲国風土記諸本集』に『萬葉緯』本が収められている。これは今井似閑（一六五七〜一七二三）による一大コレクション三手文庫（京都、上賀茂神社）の蔵本であるが、この『萬葉緯』本は写本というよりも今井似閑校訂本というのが事実に近い。その校訂も日御碕本が底本となっている（「出雲國造之文庫」本とは見られない）。秋本吉徳氏の尊父秋本吉郎氏による日本古典文学大系本の『出雲國風土記』の底本はこの『萬葉緯』本である。参考のために付記しておく。

（名古屋市内の茅屋にて）

二〇一七年九月

凡例

・翻字は、現行パソコンで示すことが出来る原文に近い用字で示す。「𤣩」など、容易に示すことが可能な異体字の類についても原字に近い用字形として示す。こうしたパソコンによる用字（ＪＩＳ第二水準漢字）を基本とするので、使用字は画数の少ない文字であっても、画数の多い漢字で示している場合がある。また特に必要があって、表外字を印刷所において作字して戴いた事例もある。

・頁の数え方は、袋綴じ古写本の常として、丁表・裏でカウントし、「表」は「オ」、「裏」は「ウ」の略号で示す。「丁」とは書写時の見開きの用紙一枚を言い「張」字の略記として「丁」字を用いる。通常、半折して右頁を「オ」（表）、左頁を「ウ」（裏）と呼称する。ただし、頁表示においては、「1丁オ」「1丁ウ」の「丁」字を略して、「1オ」「1ウ」などと表示する。その行数はオ・ウの次に「1オ1」「1ウ8」などと表示する。

・校異番号は該当「丁」の表・裏ごとに更新する。

・本文中、複数文字の校異については、傍線で該当文字列を示し、その範囲に一つの校異番号を振り当てて示す。

・脚注の校異では、細川家本（細）・倉野本（倉）・日御碕本（日）を校異対象とし、出雲国風土記鈔（鈔）の本

文については、特に注記上必要な場合に言及することがある。↓〔写本略号〕

・異体字形の一々については、原則として、脚注の校異に示さないが、同字であっても「國・国」「處・処」等、伝写過程・伝本系統の認定や、上代用字としての事項から特に示す場合がある。

・脚注校異については、該当写本における原初本文に限定し、後時における傍書や書込みの類については原則として言及しない。

・脚注の記述において、「異体字」「平出」のように二重傍線を付している用語については、一三頁の「ターム注記」を参照されたい。「ターム」とは「用語」の意である。

・脚注校異欄で「ナシ」とあるのは該当本文が無いことを示す。

・脚注校異欄において「＊」マークで参考注記事項（主に異体字等の字形上の注記）を記すことがある。

・脚注校異欄において「ａｂｃ……」で注記するのは蓬左文庫本に関する特記事項である。

・脚注校異欄において、「↓⑪」のように矢印の下に丸付き番号を示している場合がある。この番号は、巻末の

「蓬左文庫本から日御碕本へ」における一連の事例表示番号であり、該当箇所に詳しい説明があることを示すものである。

・脚注校異欄において透き写し‖時の汚損・滲み等と言及する「透き写し‖」は、蓬左文庫本書写のその後におけるもので、蓬左文庫本が透き写された際における汚損・滲み等を意味するものである。

・虫損‖に関する注記について。蓬左文庫本において、全丁に亙ってオ（表）一行目行頭字と、これに対応するウ（裏）八行目行頭字において虫損‖があり、一丁オの斜め向き6×2ミリメートル大（蚕の繭形）から徐々に小さくなり、一六丁オでは3×2ミリメートル程度（卵形）、やがて小さい点（丸形）状になりつつも、全冊を貫いている。よって同所のほとんどの用字にこの虫損‖は該当する。この箇所に限らず、ピンホール程度の小さい虫損‖の穴については一々言及しない。この点、了解されたい。

・本文に関与する押紙‖について、破線による四角囲みや丸囲みで示す場合がある。押紙‖自体は数多くあり、その全てについて注記するものではない。なお、頭書は押紙‖によるものではなく打ち付けに（直接に）書き付けられているので、破線と区別して一点鎖線による囲みで示した。また、四三丁ウと四四丁オの照応する汚れは押紙‖によるものではないので、破線ではあるが角の丸い四角囲みで示した。

写本略号

細＝細川家本『出雲国風土記』（古典資料類従38『出雲国風土記諸本集』、勉誠社、所収）。細川幽斎による識語がある。「以江戸内府御本令書写、遂一校畢。慶長二年冬十月望前三日。丹山隠士（花押）」。一五九七年一〇月書写本。永青文庫蔵、熊本大学北岡文庫寄託。

倉＝倉野本『出雲国風土記』（古典資料類従38『出雲国風土記諸本集』、勉誠社、所収）。倉野憲司氏旧蔵本（田中卓氏が「倉野氏甲本」とする本）。書写年代不詳。田中卓氏は「現存最古の出雲国風土記古写本」とする。「天明八年三月廿八日、以異本校合」云々の奥書あり。倉野家（太宰府市）蔵本。

蓬＝蓬左文庫本『出雲国風土記』（本書所収）。名古屋市蓬左文庫蔵本。一六三四年七月以前写。他の略号と区別するため、ゴチック体で示す。

日＝日御碕本『出雲国風土記』（古典資料類従38『出雲国風土記諸本集』、勉誠社、所収）。出雲市日御碕神社蔵本。尾張初代藩主徳川義直献納本。識語「寛永十一年秋七月日。従二位行権大納言。源朝臣義直」。一六三四年七月書写本。

鈔＝岸崎時照編著『出雲国風土記鈔』。天和三年（一六八三）五月、岸崎時照自序。同年一二月識語。島根大学蔵、桑原文庫本、全四冊。島根大学附属図書館、PDF画像、オープンアクセス可。CD-ROM版『兼永本古事記・出雲国風土記抄』（岩波書店、二〇〇三年三月）。これは注解書であるが、本書ではその本文に関して、言及する時がある。

・右の「写本略号」について、校異一覧においては「國（細・倉・日）」等と示し、文章中においては、「細は……」などと、傍線を付してそれが略号であることを明示する。

・蓬左文庫本に関する表示は、「**蓬**は……」と、ゴチック体で特記する。

ターム注記

あ

異体字＝いたいじ。現行の字形とは異なる用字形を広く「異体字」と呼ぶ。これは、現在使用されない字形であるが、当時にあっては常用された字形であり、むしろ現行の字形の方が当時から見れば特異な字形となる場合が多い。「富」の異体字は「冨」であり、当時は「富」は原則として用いられない。「船」の「舩」、「本」の「夲」（本来は大部二画で、木部一画の「本」と別字）などもこの類で、草仮名の「ほ」は「夲」に由来する。異体字の中には偏旁冠脚の位置を置換する場合がある（↓「偏旁置換」）。異体字と現行の用字形の双方が使用される場合もある。右の「本・夲」はそれであり、「異体同字」と呼ぶ場合がある。異体字を検索する手段として『類聚名義抄』が活用出来る。江戸期の本に中根元珪の『異体字弁』があり、異体字に関する専書類を影印で収める『異体字研究資料集成』がある。

衍字・衍入＝えんじ・えんにゅう。「衍字」は間違って本文中に入っている字。また、間違って本文中へ文字が入ることを「衍入」という。

押紙＝おしがみ。「おうし」とも。付箋。写本には、研究上のメモとして、小さい和紙片が行間に、時には本文の文字上に貼り込まれている。和紙には糊分があるために、水によって貼り付けることが可能である。

写真画像化してしまうと、そうした付箋における注記が本文と紛れてしまいがちである。

か

空格＝くうかく。一字から数字分の文字空白部をいう。

欠字＝けつじ。文字が脱ちていて存在しない場合と、意図的に空格にする場合とがある。後者の場合、特に敬意の上から該当字の上一乃至二字分を空格にする場合がある。養老令の「公式令」38条に規定がある（日本思想大系3『律令』）。同条に拠れば、大社・陵号・乗輿・車駕・詔書・勅旨・明詔・聖化・天恩・慈旨・中宮・御（天皇）・闕庭・朝庭・東宮・皇太子・殿下の語について「欠字」とするように規定し、「欠字の礼」と呼称する。↓へ「平出」。

合字＝ごうじ。異なる文字を合体して一つの文字とすること。「麻呂」の「麿」や「久米」の「粂」はよく知られた合字の例。↓ぶ「分字」。

さ

再脱落本＝さいだつらくぼん。加藤義成氏の命名になる用語（同氏『校本出雲國風土記　全』一九六八年一二月）。加藤義成氏のこの命名が定着しているので「再脱落本」の呼称を用いるが、「再脱落本」であるのか、単なる「脱落本」であるのかという認定はむつかしい。ただ、『出雲國風土記鈔』の本文は「再脱落本」の欠落箇所を補正する性格があり、これを加藤義成氏がいう「小脱落本」と認めると、確かに「再脱落本」ということになる。その「再脱落本」に共通する脱落箇所は以下の通りである。

・意宇郡の「郷駅等集覧」中「黒田驛家」の四字が脱落（なお楯縫郡「餘戸里」は単純脱落とは異なるか）。

・嶋根郡「加賀郷」条の五三字と、次の「生馬郷」の郷名三字の計五六文字が脱落。

・嶋根郡「神祇官社」（一四所）の全てが脱落し、続く「非神祇官社」の内、四〇所が脱落。「非神祇官社」の五所のみが残存。私見によれば、「神祇官社」条の前に、二行分の新造院一所記事が想定され（こうみると半丁八行の体裁に合致）、その「新造院」記事も脱落。当条はごく初期の脱落。

・嶋根郡「川坡池」条の「加賀川」の後半部と続く「多久川」の前半部の二一字が脱落。

・秋鹿郡「川池」条六川末尾の割注「以上七川並無魚」から或る川（長江川）の記事の脱落が判明。

・その他、一字から十数字に及ぶ委細な脱落が存在。

細川家本・倉野本・蓬左文庫本・日御碕本には、右の脱落箇所が共通し、加藤義成氏のいう「再脱落本」になる。脱落の一々の箇所は脚注で言及する。「再脱落本」系統本という呼称も用いる。現在の写本実態では古態を残す良本になる。

字形衝突＝じけいしょうとつ。異なる用字が筆録の際に字形上同一になり、区別出来ない状態にあることを「字形衝突」という。例えば「郷」字と「卿」字において同形になったり、また「郷」と書くべき箇所に「卿」を書き、「卿」と書くべき箇所に「郷」を書いたりする現象。通字もこの現象に由来する。多くの場合は、使用される文脈理解により、混乱は避けられる。また「鴈」字や「寫」字において、点画を加えることで衝突を回避する事例がある。廣岡義隆に「字形の衝突」の論考がある（『上代言語動態論』）。

重点＝じゅうてん。「重」はカサネル、クリカエス意。ジュウは呉音読み。使用字形「〻」。その楷書形は「々」。形態の由来は明確でないが、「二」に由来するか。文字（漢字）ではなく、上の文字を繰り返す符号として、唐土においても存在する。「重文」（ちょうぶん）と呼ぶこともあるが、上記の意味から「重点」の呼称が合致する。平仮名における「ゝ・〱」や片仮名における「ヽ・ヽヽ」は「踊り字」と呼称し、重点とは本来呼ばないが、人によっては重点と呼称することがある。「國來々々」の上代における表示法は「國々來々」であるが、行末の改行等で「國々來々」方式が臨時的に改変される場合がある。

小書＝しょうしょ。通常の本文の文字の大きさに対し、小さい文字で記す場合に呼称する。宣命小書体もこの事例である。対して、宣命大書体もある。↓た「大書」・わ「割注」。

透き写し＝すきうつし。親本を転写し写本するのは、親本の通りに写し、私意を交えないのが原則。「臨書」は親本を前方に置き、見たままを写すことをいう。「透き写し」は極めて薄い用紙により、親本の上に用紙を重ね置いて、写し取ることをいう。蓬左文庫本は透き写し用の薄い用紙に書写されており、透き写されたものであろうと推測される。用紙が薄くて丁の表裏で文字が透けて見え、若干読みづらい場合がある。当翻刻の脚注で使用する「透き写し」は、後時に蓬左文庫本自体が透き写されていることをいう。透き写される際に、墨を多く含んだ筆は親本に滲みをもたらす。蓬左文庫本の細くて勢いのある筆致が太く鈍くなっている箇所の多くはこの滲みによるものである。

省文＝せいぶん。「省文」の「文」は文字の意。筆画を省いた略字。本来の「省文」は部首を省略するものであり、「餘」の「余」、「處」の「処」などが該当する。「省文」が一般化すると、部首に限ることなく自由な省画も広く行われる。「部」の「阝」（「ア」や「マ」に近い形で常用）、「號」の「号」、「等」の「寸」（「寸に点を付した形」や「ホ」に近い形で木簡に見られる）などがそれである。ただし、漢字において簡略な字が本来の用字で、後に意味を明確化するために部首が加えられる場合があり、「省文」か本来の用字（原字・正字）かの認定は容易でない側面がある。「省文」は、正倉院文書や木簡など、上代において広く見られる文字現象であるが、「處」における「処」などの場合、上代では「處」の異体字形しか確認出来ず、「処」の出現は時代がくだる。上代における用字使用の把握に、奈良文化財研究所編『日本古代木簡字典』は簡便で有意義である。江戸期の成果に新井白石『同文通考』、松本愚山『省文纂攷』などがあり、『異体字研究資料集成』は影印で収める。

た

大書＝たいしょ。割注などの「小書」（しょうしょ）に対して、文字を普通の大きさで書くことを「大書」という。

大字＝だいじ。「唐令」に「凡、官文書有數者、借用大字〈謂一作壹之類〉。」（仁井田陞著、池田温編集代表『唐令拾遺補』一二九二頁）（凡、官の文書に数有らば、借りて大字を用ゐよ〈一を壹に作る類を謂ふなり〉。）とあり、その中国の用字法を本邦でも用いたもの。養老律令の「公式令」（66「公文」条）に規定があり、大宝令以降、使用されていた。壹貳叁肆伍陸柒捌玖拾佰などと使用。「柒」は「漆」の異体字。当写本では「漆」が用いられているが、一般には「七」字に近い字形の「柒」が頻用された。通常の用字「一二三四五六七八九十」も併用され、特記する際に大字が用いられている。

虫損＝ちゅうそん。虫食い穴ともいう。紙魚（しみ）によって和紙が受けた食害の痕跡であり、和紙に穴が空き、文字欠損を受けることになる。

通字・通用＝つうじ・つうよう。漢字の本義からすれば別字になるが、字形の類似から、両字を同字のように通わせて使用される漢字を「通字」という。「大」と「太」（「太宰府」など）、「小」と「少」（「少納言」など）は、そうした事例である。「通用字」とも言い、その現象を「通用」と言う。「字形衝突」の項目、参照。

転倒符＝顛倒符。てんとうふ。語順を書き間違えたり、或いは語順が間違っている場合に、返点「レ」を欄外に付して順序を正す符号。多くの場合正しい位置に、脱字符である丸符号を置いて転倒符「レ」と連動させる。

頭書＝とうしょ。頭注。写本の上部空白域に、本文校訂や注記などが書き込まれ、メモされる文や語句をいう。原文ではなく、書写者や、写本利用者による後時の書き込みになる。

は

標目＝ひょうもく。見出し。『出雲國風土記』の原本にこの標目は無く、後時における頭書への書き込みになる。写本書写の段階で、時に本文として取り込まれる場合がある。

分字＝ぶんじ。一つの文字を二つの異なる文字に分けること。意図して分ける場合と、誤認等により分けられて書かれた結果生じる場合とがある。「晝」（「昼」の本字）を「書」「一」とする事例は後者の事例になる。

↓ご「合字」。

平出＝へいしゅつ。「天皇」などの語がある場合、敬意を表してその字の箇所から改行し、行頭に書くことを「平出」という。養老令の「公式令」23～37条に規定がある（日本思想大系3『律令』）。同条に拠れば、皇祖・皇祖妣・皇考・皇妣・先帝・天子・天皇・皇帝・陛下・至尊・太上天皇・天皇諡・太皇太后（太皇太妃・太皇太夫人も）・皇太后（皇太妃・皇太夫人も）・皇后の語について「平出」するように規定する。「平出の礼」と呼称する。↓け「欠字」。

偏旁置換＝へんぼうちかん。漢字の字形構成要素としての偏・旁・冠・脚等において、それぞれの位置を置き換えて使用される字形をいう。「秋」における「秌」が偏旁置換。「松」における「枩」は偏冠置換。「鑑」における「鑒」は偏脚置換。偏旁置換は異体字の一種であるが、異体字の一般が用字の書き易さの観点から使用されるのに対して、偏旁置換は用字の珍奇さといった技巧面からの使用になる。

ま

水消し＝みずけし。書いた文字を筆に含ませた水で消去すること。完全な消去にはならず、薄く残存することになる。『東大寺諷誦文稿』ではこの水消しによる消去法が用いられている。蓬左文庫本『出雲國風土記』は透き写し用の薄手の和紙が用いられているために、刀子（とうず。こがたな）による消去は不可能であり、水消し法に拠らざるを得なかったのである。

見セ消チ＝みせけち。「けち」は古語「けつ」の連用形の名詞化した語形。書き間違えたり、或いは間違えて書かれているものについて、抹消するのではなく、誤認形を明示しながらマークで書記を打ち消す印、またその消されたものをいう。そのマークは種々あり、ニ・ミ・ｏ・、・ヒ・」・ト・ムなどを小さく字の傍らに付記する。また文字群全体を囲んで示す場合もある。

わ

割注＝わりちゅう。「かっちゅう」とも。また「分注」とも称される。通常の本文の文字の大きさに対し、小字で注記する様式を呼称する。一般に二行で記す場合が多く、これを「二行割り」という。対して右寄せ一行で記す場合があり、これを「一行割り」という。現代の翻字においては、〔キッコー〕で括ることにより大書されることが少なくない。また割注内の改行箇所をスラッシュ／で示すことがある。

解題

校異の写本について

校異で採り上げた細川家本・倉野本等について略記しておく。

細川家本は永青文庫蔵本で、熊本大学に北岡文庫として寄託されている。その奥書識語に「以江戸内府御本令書写、遂一校畢。慶長二年冬十月望前三日。丹山隠士（花押）」と記され、丹山隠士（細川幽斎）が右筆に「江戸内府御本」を書写させたものであり、書写後の校正を終えたのが慶長二年（一五九七）一〇月一三日であった。書写年次の明確な本として、また江戸内府の御本を書写したものとして尊ばれている。「内府」（だいふ）とは内大臣の唐名であり、徳川家康は慶長元年五月に正二位内大臣に昇進し、慶長八年二月に征夷大将軍として江戸開府するまでの間、「内府」と呼ばれた。その家康所蔵の本を言い、それを写した本になる。

倉野本は倉野憲司氏（一九〇二〜一九九一）旧蔵本（甲本）で、現在も倉野家の所蔵になる。大尾の第六四丁の一葉が残念ながら欠落し、書写年代等の情報は不明となっている。田中卓氏は「現存最古の出雲国風土記古写本」（「出雲國風土記諸本の研究」『田中卓著作集8』所収）と認定する。細川家本と極めて近い本文状況にあり、相互に誤写等の問題について批正し合う関係にあるが、誤写まで両本で一致する場合が少なくない。欠落した大尾の一丁は『出雲國風土記鈔』の本文によって補記されたものと見られる。その末尾に、「天明八年三月廾八日、以異本校合。

出雲国神門郡監岸崎天和三年著風土記抄。然、彼本亦有錯誤」と某人によって記されている。天和三年（一六八三）は『鈔』の成立年で、岸崎とは『鈔』の著者岸崎時照、「天明八年」は一七八八年になる。

その『出雲國風土記鈔』は、右に記した松江藩士岸崎時照による注解（＝鈔）の書で一六八三年に成るものであるが、当書で活用したのはその本文である。この本文は特異で、単純に日御碕本の系統と言いきれないところがあり、今後の課題となる。島根大学は桑原文庫本全四冊を蔵し、同大学附属図書館ではPDF画像を公開しオープンアクセスが可能となっている。CD-ROM版『兼永本古事記・出雲国風土記抄』（岩波書店、二〇〇三年三月、解説・岩下武彦氏）がある。

日御碕本は、蓬左文庫本を親本として書写され、日御碕神社（出雲市大社町日御碕）へ、尾張初代藩主徳川義直によって献納寄進された本であり、寛永十一年（一六三四）七月という寄進年月が明らかである。蓬左文庫本とは親子関係にある本であるが、蓬左文庫本の臨写本ではない。詳しくは巻末に掲載する「蓬左文庫本から日御碕本へ」を参照されたい。

細川家本・倉野本・日御碕本は、秋本吉徳氏編『出雲国風土記諸本集』（勉誠社）に写真版で収められている。

蓬左文庫本について

影印として公刊する蓬左文庫本は名古屋市蓬左文庫（名古屋市東区徳川町）が所蔵する重要図書である。徳川本・徳川家本とも称され、尾張藩初代藩主である徳川義直公の集書になる本で、巻頭に「御本」印が押される。書写者、書写年次は不明であるが、日御碕本の親本としてあり、寛永十一年（一六三四）七月以前の写本であることが日御碕本大尾の寄進識語から明らかとなる。

この蓬左文庫本は、細川家本や倉野本と系統を一にする或る親本からの転写本になり、加藤義成氏が「再脱落本」（同氏『校本出雲國風土記　全』一九六八年一二月）と呼称する古本系統になるが、細川家本や倉野本とその本文を異にすることは、影印翻刻の脚注に示した細・倉との相違から明らかである。即ち、江戸内府本とは若干系統を異にするものであり、その意味において本文価値がある。

蓬左文庫本の書誌事項

ここで、蓬左文庫本『出雲國風土記』の書誌的事項の概要について記しておく。

書名等　出雲國風土記（打付外題、徳川義直筆、金泥）　この下に「全」（朱、別筆）とある。
出雲國風土記（内題、一丁表1。本文同筆、墨）

所蔵　名古屋市蓬左文庫　写本。「重要図書」（部門一〇八、三六番。表紙下の付箋には、「貴重圖書」の押印と共に、略号書名と部門名、冊子番号が算用数字で記される。）

装丁　袋綴一冊。四穴。墨付六四丁。前後に遊紙各一丁。全六六丁。　紺地表紙（原装）。

蔵書印　「御本」（朱角印、縦三四×横三二ミリメートル）。乙種印。

法量　縦二七五×横二〇四ミリメートル（巻尺でなく、物差での実測値）。（名古屋市蓬左文庫発行の『善本解題図録』第三輯〈第三集〉では「二九・七×二〇・七センチメートル」〈初版（一九七一年三月）・訂正再版（一九八〇年三月）〉とするが、不審。）

奥書　　識語等、一切無し。

前遊紙　巻頭の遊び紙に紙袋（一八四×一一八ミリメートル）が貼り付けられ、その中に絵葉書状の用紙（一三九×九〇ミリメートル）が収められている。これは日御碕本『出雲國風土記』寄進識語（六四丁ウ）の写真印画であり、印画紙裏面に「島根縣史料編纂係ヨリ寄贈」と墨書され、裏面右端に長方形の「蓬左文庫」蔵印が押される。印画紙裏面全体に汚れの様態があるのは、当初和紙に貼り付けられていた痕跡。その日御碕本の寄進識語は左の通り。

> 日本風土記六十六巻今纔
> 存出雲國記一冊而已是神
> 國之徴兆也依為當國之霊
> 物奉寄進日御碕社者也
> 　寛永十一年秋七月日
> 　　従二位行権大納言
> 　　　源朝臣義直（花押）

その蔵書印「御本」は、一丁表の巻頭に記されるものであるが、尾張初代藩主徳川義直による集書本であることを明らかにするものである。詳しくは本書二九六頁を参照されたい。

蓬左文庫本における筆記について

蓬左文庫本は一冊全てが一筆、即ち一人の手で書写されている。この筆録は尾張藩が関るものではなく、徳川義直公による買い上げ或いは受贈の本であるが、文字に乱れたところは無く、全篇抑制のきいた書写態度で貫かれている。

書写とは親本の通りに写すというのが基本であり、例えば「郡家正北三里二百一千歩」（四二ウ6）の「千」に不審があり、「十」の誤写であろうという想定はすぐにつくのであるが、それを私意で訂さず、依拠本の通りに書写するのが書写の原則である。この箇所は細川家本や倉野本において「郡家正北三里二百一千五歩」となっていることからも、「千」は蓬左文庫本における誤写ではなく、元本まで遡ることが明らかとなる。書写とは厳密なことを言えば、改行・配字・字形までも依拠本に拠るのが原則となり、蓬左文庫本は極めて薄い透き写し用の和紙が用いられているところから、元本が透写されたものとみられる。用筆に小筆（細筆）が使用され、墨線は細いが筆力のある字で書写される。小筆が用いられたのは、親本を汚さないためであり、透き写しの原則であろう。しかしながら、処々に太い墨線が見られるのは、後に蓬左文庫本が透き写された時、やや太めの筆によって写されたがために、墨の滲みを来たしている。

『出雲國風土記』は親本の或る段階で極端な草書体の過程を経ているということは加藤義成氏が指摘することであり（加藤義成氏「出雲国風土記「三澤郷」地名考」同氏『出雲国風土記論究』上巻所収）、このことは細川家本や倉野本において、通常の草書では見られない特異な字形がよく見出される。この事例について、翻刻脚注において、

「草書を楷形化した字形」ということで示したが、蓬左文庫本においては、それが比較的少ないということが指摘出来る。即ち草書を読んで元の一般字に戻している事例が細川家本・倉野本よりも多いことになる。これは蓬左文庫本というよりもその親本における功になる。そうした中でも行草書がまま残存する。例えば、二丁オ7の「神門郡」の「門」、一丁オ3の「南北」の「北」など（代表例）は、或る段階における草書体親本の痕跡事例として見出される。祖本（『出雲國風土記』副本）は、「解」として太政官へ提出された言上書の控えであり、整った楷書体で記されていたはずである。

蓬左文庫本における書き込みについて

蓬左文庫本に書き込みは多くない。倭訓は五九丁ウ三行目の「サクサヒコノ」が唯一の例である（これは書写当時のものではなく、後時の書き込みである）。こうした禁欲的な写本状況は尾張徳川家の御本であったということに由来するものである。しかし、秘蔵本として内密に蔵されていたものではなく、右筆や藩士によって絶えず学ばれていたことが数少なくない押紙から判明する。こうした押紙は白紙の薄い和紙であり、そのほとんどは写真では確認出来ない。その本文に疑いが生じたり、或いは何らかのメモとして貼り込まれたものである。中には押紙に批正本文の類が書き込まれている事例がある。こうした書記された押紙については、翻刻の脚注で明示した。

押紙によるものではなく、直接に書き込んだ例として、次の事例がある。「蟒欤」（一一ウ4）、「務欤」（一三ウ8）、「手欤」（一四ウ1）、「泊欤」（二〇オ8）――「欤」（歟）は推測の「か」。これらは細川家本や倉野本にも見られるものであり、共通の親本に記された傍書を受け継いだものとしてある。蓬左文庫本における独自の書き込みは「十坎」（三五オ7）と「温坎」（五八オ2）の二例がある。この傍書の用字は翻刻脚注の五八丁オ2「c隅」条に記した通り、「温」の字が本文用字と共通するものであり、蓬左文庫本書写者（未詳）による傍書注記であると判明する。このことは、蓬左文庫本の親本も書き込みの少ない原本に近い形の写本であったことを意味しよう。

他に頭書標目としての書き込みがある。言わば見出し表示としてのもので、「寺・社・山・川・池（池江）・道度・（軍團）・驛」の事項がある。「郷・産物」等は無く、その意味では恣意的な標目になる。また「寺・池」は該当本文が無く、結果、標目が存在しない郡もある。この頭書標目は原本に存在したものでは無く後補になるが、細川家本・倉野本にもあり、或る段階の親本からの書き込みになる。意宇郡の「社」、島根・神門郡の「池」、大原郡の「寺」はあるはずのところ、細川家本・倉野本と共に、共通して脱落している。一〇丁オ2の「寺教昊寺」の最初の「寺」字はこの頭書が本文に紛れ込んだものとしてあり、これも蓬左文庫本のみの現象でなく、細川家本・倉野本においても同じことになる。同様に四六丁オ7の「水海神門水海」の最初の「水海」はこの頭書標目が本文に紛れ込んだものとしてある（細川家本・倉野本も）。大尾「道度」条の次に位置する「圍阜宇軍圍」（六三ウ2）の「圍」は「團」の誤写で「團意宇軍團」が正しい本文になるが、この最初の「圍」字も頭書「軍團」の「團」の字が本文に紛れ込んだものとしてある（「軍」字は残存しない）。これも蓬左文庫本独自のことではなく、細川家本・倉野本に共通する事項になる。

右の頭書標目以外に頭書注記が存在する。何時の段階での注記書き込みかは判然としないが、一八丁オにおける『大廣益會玉篇』からの注記、一八丁ウにおける『本草綱目』からの注記があり、日御碕本に転載され、以後、日御碕本の写本系統の指標となっている。『大廣益會玉篇』（注記内容は翻刻脚注に明示したのでそれに拠られたい）引用中には反切表示に「牛」から「午」への誤写があり、少なくとも蓬左文庫本の前の親本に存在したものと考えることが出来る。また『本草綱目』からの引用は、本文「蜛蝫」に関わって注記されたものであり、『本草綱目』第四十四巻「鱗之四（無鱗魚二十八種）」条に「鮹魚」（タコ）が載る。しかし頭書「本草綱目鮫魚部、鼻前有骨如斧斤能撃物壊舟者。曰鋸沙」は、その「鮹魚」条の隣の記事である「鮫魚」条に引用される『集解』中の一文である。本文「蜛蝫」について「集解」の注の「鋸沙」に注目した引用であろう。「鋸沙」の「沙」は沙魚の略で、サメを言い、「鋸沙」はノコギリザメをいう。引用者は、「鋸沙」の呉音コシャと「蜛蝫」の呉音コショとが近いところから『本草綱目』の鮫魚部を引いたに違いない。しかしながら、ここの「蜛蝫」は「栲《たく》嶋」からタコ（鮹）で問題ない。以上、少し長く記したが、この内容はさておいて、『大廣益會玉篇』と『本草綱目』の注記も、蓬左文庫本から始まった注記ではなく、その親本の注記を受け継ぐものとしてあることがわかるのである。

今一つの頭書注記として「景行」（三四オ）がある。これは「纒向檜代宮御宇天皇」（三四オ3）への注記としてあり、日御碕本へも継承されているところから、後時の書き込みではなく、恐らく右と同様の親本に由来する書き込みと見てよい。

尾張藩における傍書書き込みとして、「狐」（三一ウ5）、「岸」（四一ウ5）、「男」（五五ウ2）、「老」（五五ウ3）が指摘できる。これらは、「蓬左文庫本から日御碕本へ」の「（三―Ⅵ）日御碕本の蓬左文庫本への関与」で記しているところであるが、尾張藩が日御碕本を書写している段階で、別の比校本（証本）をも参照したことにより、本文を校訂することが出来た箇所である。そうしたものの内、右の四か所については蓬左文庫本へも傍書書き込みをした事例としてある。この内、「狐」（三一ウ5）と「岸」（四一ウ5）は同筆であり、Aとしよう。また「男」（五五ウ2）と「老」（五五ウ3）が同筆であり、Bとしよう。AとBは手が違い、Bには見セ消チにマーク「ヒ」が使用されるが、Aは見セ消チを施さない。書写時の比校に複数名が当っていたことが判明する。この筆Bは

「書一」（四三オ2）における見セ消チも同じ手かと推測される。「書一」は「晝」（昼）の分字としてある。筆Bは「一」を見セ消チにし、「書」の下部に「一」を加筆して「晝」字を復元する。

後時の書き込みがある。「令」（四八オ4）の箇所において薄墨で二点の見セ消チをし、右に「命」と記す。イヒシツベに続く箇所であり、まさに「命」が合致する。この書き込みは恐らく「サクサヒコノ」という唯一の傍訓書き込み例（五九ウ3）と同筆であろう。同様の薄墨であり、「日古」の筆跡と「命」は同筆とおぼしい。ここの本文見セ消チには丸印を使用する。同様の後時書込みに「于」（一三オ2）があるが、右二例と同筆か否かは判断がむつかしい。

蓬左文庫本における汚損について

蓬左文庫本が伝来する過程において、若干の汚損が存在する。茶渋状の濃茶色の汚損が、一九オ4行末部と同裏（一九ウ5行末部）に存在する。表から裏に達していることにより、袋綴じ製本後のものであることがわかる。また、二四オ1行末の「子」字の下部には異物が付着している。何か果物の小さい種のようであるが、その実態は不明である。六二ウの5行目「卌」の右肩部、同6行目行頭の「西」及び「未」の右肩部、同7行目「至郡」の字間の汚れも異物による汚損である。こうした汚染以外に、押紙による汚れもある。これは飽くなき研究の果の痕跡であるが、結果は汚損となって今在ることになる。多少色が付いているものが存在し、これは糊分に拠るものかとも推測されるが、和紙固有のものかも知れない。一寸見には区別の付け難いのが、押紙によるものか、裏打ち紙によるものかの違いである。蓬左文庫本には多くはないが若干の虫損があり、部分裏打ちする形で補修されている。その糊分が時を経て多少発色しており、押紙との区別の付け難いものがあるが、虫損穴の存在の有無によって判明する。他に薄墨による汚れも存在する（一九オや同丁ウなど）。

右以外に、透き写しされた跡が見られる。蓬左文庫本から日御碕本が子本として成立したが、これは透き写しに拠るものではなく、臨模本でもない。その用紙は厚手上質の楮紙であって、透き写しすることは不可能な紙質である。透き写しの跡について、当初は判断が付かなかったが、後時における透き写しによる墨の滲んだ跡があることに気付いた。例えば、二二ウ1の割注の「西北」の「西」字である。第三画の右上の肩に存する違和感はこの透き写しの際における滲み痕と考えられる。二四オでは1行目の「子」の第一画書き出しの箇所、2行目の「者」の第二画（縦画）の上端の汚れ、5行目の「西」第三画の右肩の不自然な膨らみ等、これらは透き写しの際の滲みに拠る汚れと結論付けることが出来よう。その眼で精査するとあちこちで認めることが出来る。蓬左文庫本の透き写しによる子本が存在したことがこれにより判明する。

日御碕本との関係について

日御碕本との関係については、「蓬左文庫本から日御碕本へ」に詳しい。

ただ、「蓬左文庫本から日御碕本へ」の稿において、日御碕本における蓬左文庫本とは異なる面に光を当て、日御碕本における独自箇所について力説したので、蓬左文庫本とは大きく異なる写本であると誤解される可能性がある。この危惧を払拭しておきたい。全冊を通して概観すると、日御碕本は蓬左文庫本に依拠した本そのものであり、配字・改行から字形まで親子関係の明白な本としてある。配字は時として改行の際に一乃至二字程度前後することはあるが、多くは一致する。時に丁の表裏を異にしたり（四オウなど）、丁を異にしたり（四ウ〜五オなど）することがあり、字高配字の異なりも存在する（一ウ7・8の一字オトシが日御碕本には無い）。こういう若干の違いはあるが、日御碕本は蓬左文庫本の転写本としてあることに間違いはない。この日御碕本書写の現場状況についても「蓬左文庫本から日御碕本へ」に記しているので、参照されたい。

日御碕本は転写され、現在ある『出雲國風土記』写本の大半は日御碕本の本文に依拠するが、その日御碕本の親本として蓬左文庫本が存在する。本文校異において、細川家本や倉野本と異なる箇所が多々あると共に、蓬左文庫本・日御碕本・鈔・萬葉緯本の本文が一致する箇所は数多い。『萬葉緯』本は『鈔』の本文の影響下にあり、しかも今井似閑が校訂した本文としてあり、写本に含めるのは躊躇されるが、しかし、本文校異を採ると、蓬左文庫本・日御碕本・鈔本文・萬葉緯本の四本は多く一致し、細川家本・倉野本と対立する箇所が多いのである。

右の次第で、現在世に多く存在する『出雲國風土記』の写本の親本としてあるのがこの蓬左文庫本であると言うことが出来るのである。

翻刻の下部に脚注欄を設け、ここに細川家本・倉野本・日御碕本との校異を掲げた。校異と言っても通常の校異ではなく、「国」と「國」、「處」と「処」という字形レベルまで拾ったものである。これは、写本における書承関係を見るためである。本文用字に関する校異として、細川家本と倉野本とで約五六〇、日御碕本で約八〇という、いちおうのカウントをみる。これは概数であり、前者は二本を合わせての数値であって差し引く要素が有るが、この数値を見ても日御碕本は蓬左文庫本を忠実に書写していることが見て取れるのである。

なお、近日刊行予定の岩波文庫本においては、右に挙げた写本と共に、『萬葉緯』本も校異として挙げている。参照されたい。ただし、岩波文庫本においては、異体字や字形レベルの校異は原則として挙げていない。

蓬左文庫本も日御碕本も同じ筆によるものでそれは堀杏庵（一五八四―一六四三）であるという推定説があるが（「蓬左文庫本から日御碕本へ」註14、参照）、蓬左文庫本は徳川義直公が買い上げたか或いは受贈に拠った写本であり、書き手は某人になる。また日御碕本は蓬左文庫本を義直公が書写させた本であり、その筆は義直公の右筆によるものとなる。そうした右筆の一人として堀杏庵が居たことは確かである。日御碕本の書写担当者と校正担当者は別と考えられ、そうした中に堀杏庵を想定することは可能性のあることではあるが、明らかではない。

影印・翻刻

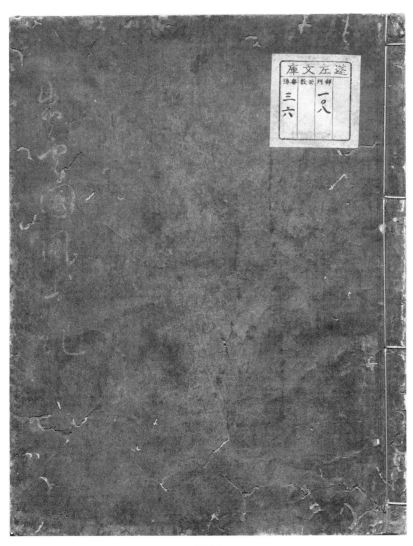

—表紙—

―表紙(ウ)―

―遊紙(ウ)―

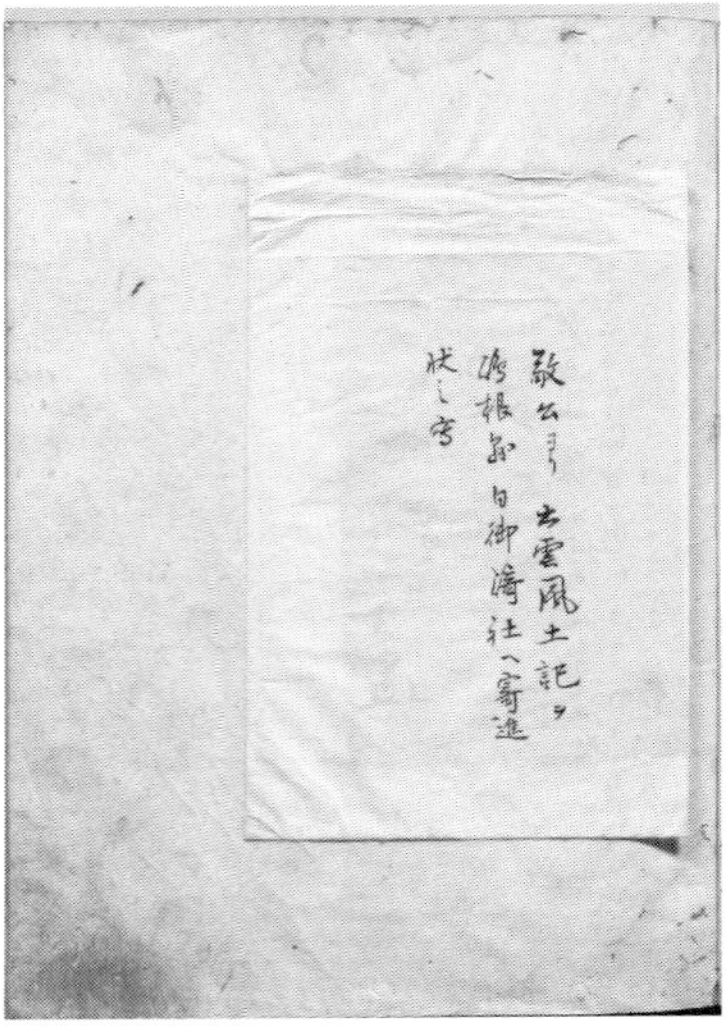

―遊紙(オ)―

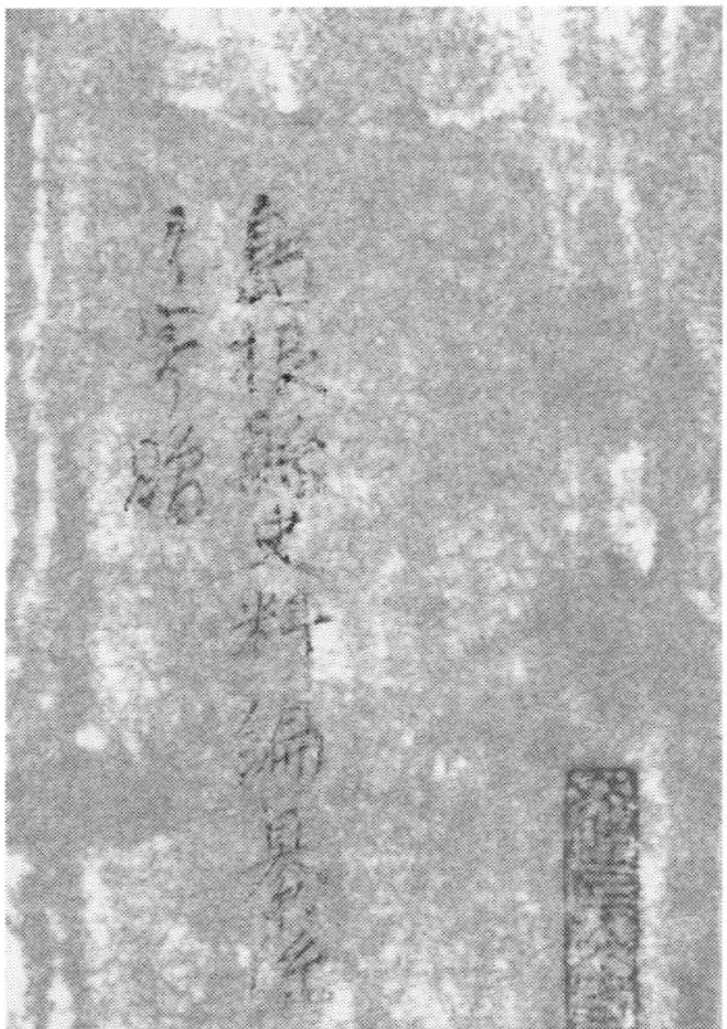

―印画紙(ウ)―

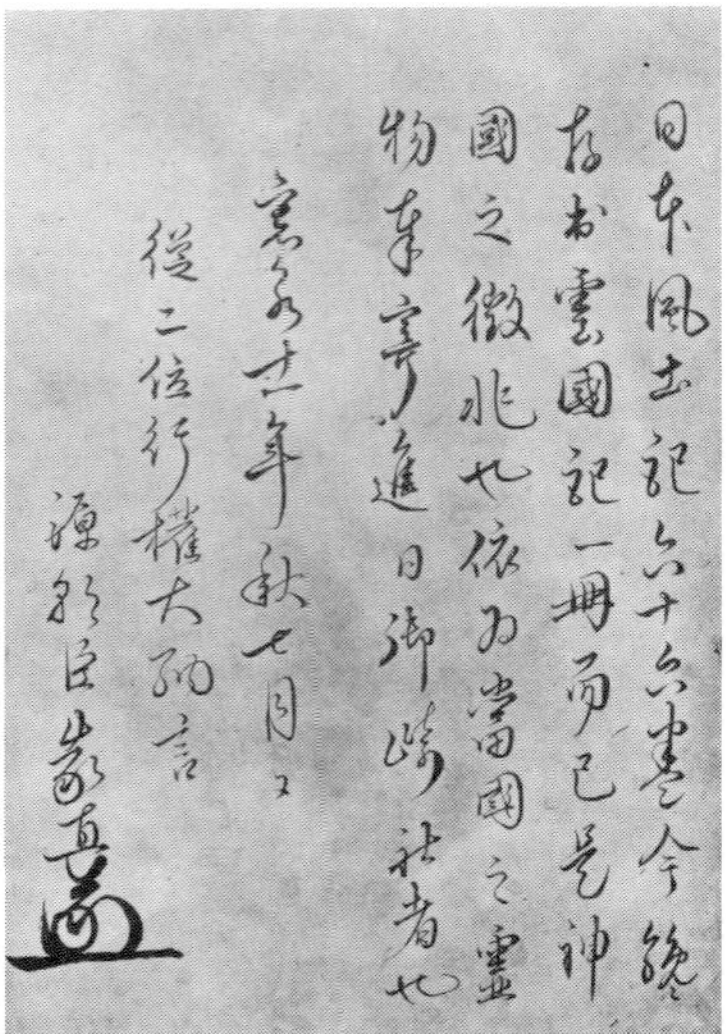
日本風土記六十六部今纔
存出雲國記一冊而已是神
國之徴兆也依乃當国之霊
物奉寄進日御碕社者也
寛永十一年秋七月日
従二位行權大納言
源朝臣義直

―印画紙(オ)―

（和紙小袋）

敬公ヨリ出雲風土記ヲ
嶋根縣日御﨑社ヘ寄進
状之寫

—遊紙（オ）—

＊遊紙表＝当頁に、和紙小袋が貼り付けられ、上記の袋書きがある。「敬公」は初代尾張藩主徳川義直公（一六〇〇〜一六五〇）。「寄進状」とあるのは、独立した文書でなく、『出雲國風土記』日御碕本六四丁裏に書きつけられている寄進識語をいう。六四丁表は神宅臣金太理と出雲臣廣嶋の識語がある頁。寄進識語はその裏の空白への書き付けになる。この寄進識語は、『出雲国風土記諸本集』（勉誠社）の四〇六頁に所載。

　貼り付けられた小袋の中には絵葉書状の白黒印画紙一葉があり、右に記した識語の写真が焼付けられ、その裏面には「島根縣史料編纂係ヨリ寄贈」と記される（「蓬左文庫」の朱印あり）。その奉納寄進の文面（日御碕本六四ウ）は左記の通り。

日本風土記六十六巻、今纔存出雲國記一冊而已。是、神國之徴兆也。依、為當國之霊物奉寄進日御崎社者也。
寛永十一年秋七月日
従二位行権大納言
源朝臣義直（花押）

出雲國風土記
國之大體首震尾坤東南宮北屬海
東一百卅七里一十九歩南北一百八十三
里一百九十三
一百歩
七十三里卅二歩
得而難可誤
老細思枝葉裁定詞源亦山野濱浦之処

a

出雲國風土記 b

c 國之大體首震尾坤 1 東南宮北屬海

東一百卅七里一十九歩南北一百八十三 2

里一百九十三

＊一百歩

七十三里卅二歩

得而難可誤

老細思 3 枝葉裁定詞源亦山野濱浦之処 4

---

a＝**蓬**にある「御本」の朱の蔵書印(乙種印)。敬公徳川義直による集書本であることを明らかにする押印。蓬左文庫に甲種印、乙種印、丙種印の類似三種がある中の乙種印。

b出＝**蓬**に虫損あり。

c國＝**蓬**に若干の虫損あり。

1坤＝倉の「坤」字は旁が「更」の第一画の無い字形で、これは付点が変容したもの。なお、倉には「坤」字の下に句点あり。以下、倉の句点や返点の類は言及しない。

2三＝二(細・倉)。

＊5～7行＝「一百歩／七十三里卅二歩／得而難可誤」の三行一五字は各写本に存在。前後に脱文があり意味不明とする本があるが、後人の何らかの計数上の注記傍書の衍入と見られ、「得而難。可誤。」(得て難し。誤なるべし。)という記述から原文とは考えられない。中の「歩」一字のみを前行下に生かし、他は削除するのが良い。

3思＝認(細)。忍(倉)。

4処＝處(日)。→01

鳥獣之棲魚貝海菜之類良繁多悉
不陳然不獲止粗挙梗概以成記趣
所以号出雲者八束水臣津野命詔
八雲立詔之故云
八雲立出雲
合神社参佰玖拾玖所
壹佰捌拾肆所　在神祇官
貳佰壹拾伍所　不在神祇官

鳥獣之棲魚貝海菜之類良繁多悉[1]
不陳然不獲止粗挙梗概以成記趣
所以号出[2]雲者八束水臣津野命詔
八雲[a]立詔之故云

八雲立出雲

合神社*叄*佰*玖拾玖所
[3]*壹*佰*捌*拾肆所[4] 在神祇官[5]
[6]*貳佰壹拾*伍所[7] 不在神祇官

---

1 悉＝矣(細・倉)。

2 号出＝芳(細・倉)。

a 雲＝蓬の雨冠の部分に不分明なところがあるのは、紙漉きにおける楮皮の屑による。

＊叄佰玖壹捌拾肆貳伍＝数詞の大字表記。

3 6 空格＝一字下げの空格なし(日)。

4 空格＝空格なく、以下の四字は大書(細・倉)。

5 神祇官＝祇官神(細)。

＊貳＝蓬、筆画誤写の水消しあり。

7 空格＝空格なく、以下の五字は大書(細・倉)。

玖郡郷陸拾壹　里一百七十九　餘戸肆驛家陸神戸漆　里一十

意宇郡郷壹拾　里卅　餘戸壹驛家叁神戸叁漆　里六

嶋根郡郷捌　里廿五　餘戸壹驛家壹

秋鹿郡郷肆　里一十二　神戸壹　里

楯縫郡郷肆　里一十二　餘戸壹神戸壹　里

出雲郡郷捌　里廿二　神戸壹　里二

神門郡郷捌　里廿二　餘戸壹驛家貳神戸壹　里

飯石郡郷漆　里一十九

玖郡郷[1]陸[*]拾壹 里一百七十九 餘戸肆驛[2]家陸神戸漆[*] 里一十

意宇郡郷壹拾 里卌 餘戸壹驛[3]家叄[4]神戸叄漆 里六

嶋根郡郷捌[a] 里廿五 餘戸壹驛[5]家壹

秋鹿郡郷肆 里一十二 神戸壹 里

楯縫郡郷肆 里一十二 餘戸壹神戸壹 里

出雲郡郷捌[b] 里廿二[6] 神戸壹 里二

神門郡郷捌[c] 里廿二 餘戸壹驛[7]家貳神戸壹 里[8]

飯石郡郷漆 里一十九

1郷＝「鄕」字と「卿」字は字形衝突を起こし、「鄕」と「卿」は区別されず、通字となっている。この通字は細・倉・日にも出現。当所では細が「鄕」、蓬を含め、他は「卿」の字形。以下、一々注記しない。

＊陸漆＝数詞の大字表記。

2357驛＝駅(倉)。

4叄＝参(倉)。

abc捌＝手偏は木偏で表示。当時は手偏・木偏は相通。以下、一々注記しない。

6二＝三(細・倉)。

8＝「里」の下に某字があるが、墨消し(倉)。

仁多郡郷肆　里一十二
大原郡郷捌　里廿四
右件郷字者依霊亀元年式改里為郷其郷
名字者被神亀三年民部省口宣改之
意宇郡
合郷壹拾壹　里卅　餘戸壹驛家参神戸参
母理郷　本字文理
屋代郷　今依前用

仁多郡郷肆　里一十二
大原郡郷捌　里廾四
右件郷字者依灵*亀元年式改里為郷其郷
名字者被神亀三年民部省口宣改之

意宇郡

合郷壹拾壹　里卅　餘戸壹驛[1]家叁[2]神戸叁
母理郷　[3]本字文理
屋代郷　今依前用

＊灵＝「霊」の異体字。

1驛＝駅(倉)。
2叁＝参(倉)。
3本＝夲(倉)。「夲」と「本」は通字で、「夲」が上代の常用字。

揹縫郷　今依前用
安来郷　今依前用
山国郡　今依前用
飯梨郷　本字云成
舎人郷　今依前用
大草郷　今依前用
山代郷　今依前用
拝志郷　今字林

楯縫郷　今依前用
安来郷　今依前用
山国郡[1]　今依前用
飯梨郷　本字云成
舎人郷　今依前用
大草郷　今依前用
山代郷　今依前用
拝志郷　今字林

1 国＝國（細・倉・日）。

宍道郷　今依前用　以上壹拾郷別里参
餘戸里
野城驛家
宍道驛家
出雲神戸
賀茂神戸
忌部神戸
所以号意宇者國引坐八束水臣津野命詔八雲

*完道郷　今依前用　以上壹拾郷別里參[1]
餘戸里
野城驛家
[2]*完道驛家
出雲神戸
賀茂神戸
忌部神戸
所[a]以号意宇者国[3]引坐八束水臣津野命詔八雲

---

*完＝「宍」の通用字。

1參＝参(倉)。

2＝鈔には「野城驛家」と「完道驛家」の間に「黒田驛家」の一行がある。後文の掲出に依拠して補ったものと見られる。前記の「驛家參」と後文により、補訂は妥当と考えられる。この「黒田驛家」の一行の脱落は「再脱落本」の特徴としてある。

*完＝「宍」の通用字。

a所＝蓬に一部虫損あり。

3国＝國(細・倉)。

立出雲國者狭布之堆國在哉初國小所作故將
作縫詔而拷衾志羅紀乃三埼矣國之餘々有耶
見者國之餘有詔而童女胷鉏所取而大魚
之支太衝別而波多須々支穂振別而三身之
総打挂与霜黒葛聞々耶々尒河船之毛々曽々
呂々尒國々來々引來縫國者自去豆乃折絶而
八穂米支豆支乃御埼以此而堅立加志者石
見國与出雲國之堺有名佐比賣山是也亦

立[a]出雲国[1]者狭布之堆国[2]在哉初国[3]小所[b]作故将
作縫詔而栲衾志羅紀乃三埼矣国[4]之餘丶[5]有耶
見者国[6]之餘有詔而童女胸[c]鉏所取而大魚
之支太衝別而波多湏ゝ支穂振別而三身之
総打挂与霜黒葛聞[*]ゝ耶ゝ尒河船之毛ゝ曽ゝ
呂ゝ尓国[7]ゝ来ゝ引来縫国[8]者自去豆乃折絶而
八穂米支[9]豆支乃御埼以此而堅立加志者石
見国[10]与出雲国[11]之堺有名佐比黄山是也亦

---

a立＝**蓬**に一部虫損あり。
b所＝**蓬**、異体字形。
1 2 3 4 6 7 8 10 11国＝國(細・倉)。
2 4 6 10国＝國(日)。
5丶＝ナシ(細)。「丶」は衍入であろう。

c胸＝**蓬**は省文の偏旁置換(偏脚置換)字形。

*聞＝本文「聞」は、荷田春満の『自筆本出雲風土記考』の説により、内山真龍『出雲風土記解』が「闇」と校訂して以降、一般に「闇」字で理解する。

9支＝与(倉)。

持引經者菌之長濱是也亦小門佐伎之国
矣国之餘有邪見者国之餘有詔而童意女
骨鉏取取与大魚之文大衝別而波多須々
文穂振別而三身之經打桂而霜黒葛閇々耶
々尓河船之毛々曽々呂々尓国々来々引来經国者
自多久乃折絶与狹田之国是也亦小門良
波乃国矣国之餘有耶見者国之餘有詔
而童意女骨鉏取取而大魚之文大衝別而

持引綱者薗之長濵是也亦北門佐伎之国[1]
矣国[2]之餘有邪見者国[3]之餘有詔而童意女
胸鉏所取与[4]大[5]魚之支大衝別[6]而波多湏ゝ
支穂振別[7]而[a]三身之綱打挂而霜黒葛聞[b][*]ゝ耶
ゝ尓河舩之毛ゝ曽ゝ呂ゝ尓国[8]ゝ来ゝ引来綱国[9]者
自多久乃[c]折絶与狹田之国[10]是也亦北門良
波乃国[11]矣国[12]之餘有耶見者国[13]之餘有詔
而[d]童意[e]女胸鉏所取而大魚之支大衝別[14]而

---

1 2 3 8 9 10 11 12 13国＝國（細・倉）。
2 8国＝國（日）。
4与＝ナシ（倉）。
5大＝ナシ（倉）。
6 7 14別＝刎（細・倉）。
a而＝蓬、右肩部に押紙あり。
b聞＝蓬、右肩部に押紙あり。
*聞＝4オ参照。
c乃＝蓬、右肩部に押紙あり。
d而＝蓬に虫損あり。
e意＝蓬、文字上に押紙あり。

波多須々支穂振別而三身之綱打桂而霜黒
葛闇々耶々尓河船之毛々曽呂々尓国々来
々引時引縫国者自宇波縫折絶而闇見国
是也亦高志之都都乃三埼矣国之餘有耶見
者国之餘有詔而童女胸鉏所取而大魚之
支大衝別而波多須々支穂振別而三身之綱
打桂而霜黒葛闇々耶々尓河船之毛々曽々呂
々尓国々来々引来縫国者三穂之埼接引

波[a]多湏ゝ支穂振別[1]而三身[b]之綱打挂而霜黒
葛聞[＊]ゝ耶ゝ尓河舩之毛ゝ曽豆ゝ尒国[2]ゝ来
ゝ引時引縫国[3]者自宇波縫折絶而闇見国[4]
是也亦高志之都都乃三埼矣国[5]之餘有耶見
者国[6]之餘有詔而童意女胸鉏所取而大魚之
支大衝別[7]而波多湏ゝ支穂振別[8]而三身之綱
打挂而霜黒葛聞[＊]ゝ耶ゝ尒河舩之毛ゝ曽ゝ呂[c]
ゝ尒国[9]ゝ来ゝ引来縫国[10]者三穂之埼接引

---

a 波＝**蓬**に虫損あり。
1 7 8 別＝刎(細・倉)。
b 身＝**蓬**、文字の上、右部に押紙あり。
＊聞＝4オ参照。
2 3 4 5 6 9 10 国＝國(細・倉)。
＊聞＝4オ参照。
c 呂＝**蓬**に虫損あり。

經夜見嶋固堅立加志者有伯耆国火神岳
是也今者国者引訖詔而意宇社尓御杖衝
立而意恵登詔故云
意宇 所謂意宇者社郡家東小邉田中在塾是也囲八歩許其上有一以茂
母理郷郡家東南卅九里一百九十歩所造天下大
神大穴持命越八口平賜而還坐時来坐長江山而
詔我造坐而命国者皇御孫命平世所知依奉但
八雲立出雲国者我静坐国青垣山廻賜而玉

綱夜見嶋固堅立加志者有伯耆国[1]火神岳
是也今者国[2]者引記詔而意宇社尒御枝[3]衝[a]
立而意恵登詔故云

意宇　所謂意宇者社[4]郡家東北邊田中在塾是也国[5]
八歩許其上有一以茂

母理郷郡家東南卅九里一百九十歩所造天下大
神大穴持命越八口平賜而還坐時来坐長江山而
詔我造坐而命国[6]者皇御孫命平世所知依奉但
八[b]雲立出雲国[7]者我静坐国[8]青垣山廻賜而玉

---

1 2 5 6 7 8国＝國(細・倉)。
3枝＝杖(細・倉)。
a衝＝蓬に虫損あり。
4者社＝社者(細)。
b八＝蓬に一部虫損あり。

弥直賜而守詔故云文理（神亀三年改字毋理）

屋代郷郡家正東卅九里一百卅歩天乃夫比命御伴天降来社伊支等之遠神天津子命詔吾浄将坐志社詔故云社（神亀三年改字屋代）

楯縫郷郡家東北卅二里一百八十歩布都怒志命之天名楯縫直給之故云楯縫

安来郷郡家東北廿七里一百八十歩神須佐乃烏命天壁立廻坐之尓時来坐此処而詔吾御心者

弥[a]直賜而守詔故云文理 神亀三年改字母理
屋代郷郡家正東卅九里一百卄歩天乃夫比命御
伴天降来社[b]伊支等[*]之遠神天津子命詔吾浄
將坐志[1]社詔故云社 神亀三年改字屋代
楯縫郷郡家東北卅二里一百八十歩布都怒志
命之天名楯縫[2]直給之故云楯縫
安来郷郡家東北卄七里一百八十歩神須佐乃[c]
[3]烏命天壁立廻坐之尓時来坐此処[4]而詔吾御心者

---

a 弥＝蓬に一部虫損あり。
b 来＝蓬に押紙痕と紙漉の屑あり(最終画下部)。
＊等＝写本の用字は「等」の異体字(一種の省文)。
1 志＝忘(細・倉)。
2 縫＝ナシ(倉)。
c 乃＝蓬に虫損あり。
3 烏＝素(細・倉)。
4 処＝處(日)。→01

安平成詔故云安来地即北海有邑賣埼飛鳥
淨御原宮御宇大皇御世甲戌年七月十三日詔
臣猪麻呂之女子遶件埼邂逅遇和尒所賊不切
尒時父猪麻呂所賊女子斂買上大發若憤號天踊
地行吟居嘆晝夜辛苦無避斂所作是之間経
歴數日然後興慷慨志磨呂箭鋭鋒撰便処
居即擡訴云天神千五百万地祇千五百万并當
国静坐三百九十九社及海若等大神之和魂者静

安平成詔故云安来也即北海有邑賣埼飛鳥
浄御原宮御宇大[1]皇御世甲戌[a]年七月[b]十三日語[c]
臣猪麻呂之女子遥件埼邂逅遇和尒所賊不切
尒時父猪麻呂所賊女子歛買[2]上大發若憤號天踊
地行吟居嘆晝夜辛苦無避歛所作是之[3]間経
歴数日然後興慷慨志磨[4]呂箭鋭鋒撰便処[5]
居即擅訴[6]云天神千五百万地祇千五百万并[7]當
国[8]静坐三百九十九社及海若等大神之和魂者静

1大＝天(倉)。細には上に欠字の礼あり。
a戌＝「戊」とあるべきところ。細・倉・日も「戊」。
b月＝蓬に虫損あり。
c語＝蓬に虫損あり。
2買＝「買」の下に「濱」あり(細)。
3之＝倉は、「是」と「間」の間にもと文字無く、後に字間に「之」字を加筆。
4磨＝麻(細)。
5処＝處(細・日)。→01
6訴＝訢(細・倉)。
7并＝大書(細)。
8国＝國(細)。蓬に一部虫損あり。

而荒亀者皆悉依給猪麻呂之所ニ乙良有神灵
坐者吾所傷給以此知神灵之所神者尒時有須
臾而和尒百餘浄圍繞一和尒徐率依来従於
居下不進不退猶圍繞耳尒時挙鉾而刄中天
一和尒殺捕已訖然後百餘和尒解散殺割
者女子之一脛屠出仍和尒者殺割而挂串立
路之垂也安東郷人語臣与之父也自尒時以来至于今日経六十歳
山国郷郡家東南卅二里二百卅歩布都努志命

而[a]荒魂[b]者皆悉依給猪麻呂之所ゝ乙良有神灵[*]坐者吾所傷給以此知神灵[1]之所神者尓時有湏臾而和尓百餘浄圍繞一和尓徐率依来従於居下不進不退猶圍繞耳尓時挙鉾而刄中天一和尓殺捕已訖[2]然後百餘和尓解散殺割[*]者女子之一脛屠出[c]仍和尓者殺割而挂串立路之垂也｜安東郷入語臣与[3]之父也自尓時以来至于今日経六十[4]歳｜

山国[5]郷郡家東南卅二里二百卅歩布都努志命

---

a 而＝蓬に虫損あり。
b 魂＝蓬は偏旁置換(旁冠置換)字形。
＊灵＝「霊」の異体字。
1 灵＝霊(細・倉)。
2 訖＝説(細・倉)。
＊割＝蓬、異体字形。
c 仍＝蓬に一部不鮮明なところがあるのは押紙による。
3 与＝與(細・倉)。蓬の「与之」の右には墨筆による薄い汚れあり。
4 六十＝辛(細・倉)。
5 国＝國(細・倉・日)。

之国廻坐時来坐此處而詔是土者不止欲見詔
故云山国也即有正倉
飯梨郷郡家東南卅二里大国魂命天降坐時當
此処而御膳食給故云飯成 神亀三年改字飯梨
舎人郷郡家正東廿六里志貴嶋宮御宇天皇
御世倉舎人君等之祖日置臣志毗大舎人供
奉之即是志毗之所居故云舎人即有正倉
大草郷郡家南西二里一百廿歩須佐乎命御子

之国[1]廻坐時来坐此處而詔是土者不止欲見詔
故 [＊]山国[2]也即有正倉
飯梨郷郡家東南卅二里大国[3]魂命天降坐時當
此処[4]而御膳食給故云飯成（神亀三年改字飯梨）
舎人郷郡家正東廿六里志貴嶋宮御宇天[5]皇
御世倉舎人君等[＊]之祖日宣[a]臣志毗大舎人供
奉之即是志毗之所居故云舎人即有正倉
大[b]草郷郡家南西二里一百廿歩須佐乎[c]命御子

---

1 3国＝國（細・倉）。

＊空格＝別筆後時書込「云」（蓬・倉・日）。細（倉）は親本の虫損由来と見られる空格。倉は細筆小字で後時に加筆。→三〇二頁ⓑ

2国＝國（細・倉・日）。

4処＝處（細・日）。→⓪①

5天＝改行平出（細・倉）。

＊等＝写本の用字は「等」の異体字。

a宣＝蓬の「宣」字の旁「亘」の上の「一」と「日」の間に点画があるかと見えるのは紙漉き上の楮皮の屑による汚れ。墨線ではない。

b大＝蓬に一部虫損あり。

c佐乎＝蓬に押紙あり。押紙に斜字で「乃考」と書記。

青幡佐久佐日古命坐故云大草
山代郷郡家西北三里一百廿歩所造天下大神大
穴持命御子山代日子命坐故云山代也即有正
倉
拝志郷郡家正西廿一里二百一十歩所造天下大
神命将平越八口為而幸時此處樹林茂盛尓
時詔吾御心之波夜志詔故云林神亀三年改字拝志即
有正倉

青[a]幡佐久佐日古[1]命坐故云大草

山代郷郡家西北三里一百廾歩所造天下大神大

穴持命御子山代日子命坐故云山代也即有正

倉

拜志郷郡家正西廾一里二百一十歩所造天下大

神命將乎越八口為而幸時此處樹林茂盛尒

時詔吾御心之波夜志詔故云林（神亀三年改字拜志）即[b]

有正倉

a 青＝蓬に一部虫損あり。

1 日古＝丁状（細・倉）。

b 即＝蓬に一部虫損あり。

宍道郷郡家正西卅七里所造天下大神命之
追給猪像南山有二一長二丈七尺高一丈周五丈七尺
一長二丈五尺高八尺周四丈一尺
追猪犬像長一丈高四尺
周一丈九尺其形為石無異猪犬至今猶
在故云宍道
餘戸里郡家正東六里二百六十歩依神亀四年編
戸大二里故云
餘戸也郡
山如也
野城驛郡家正東廾里八十歩依野城大神坐故
云野城

完道郷郡家正西卅七里所造天下大神命之追給猪像南山有二（一長二丈七尺高一丈周五丈七尺 一長二丈五尺高八尺周四丈一尺）追猪犬像（長一丈高四尺 周一丈九尺）其形為石旡[1]異猪犬至今猶在故云完道

餘戸里郡家正東六里二百六十歩（依神亀四年編 戸大二里故云）

餘戸也郡山如也[2]

野城驛郡家正東廾[3]里八十歩依野城大神坐故云[a]野城

1旡＝無(細)。「旡」は「无」と通字。

2也＝ナシ(倉)。倉は後時に別筆で「也」字を加筆。

3廾＝卅(細)。

a云＝蓬に一部虫損あり。

黒田驛郡家同處郡家西北二里有黒田村土體
色黒故云黒田旧此處有是驛即号曰黒田驛
今東屬郡今猶追旧黒田号耳
宍道驛郡家正西卅里　説名如郷
出雲神戸郡家南西二里廾歩伊弉奈枳乃麻
奈子坐熊野加武呂乃命与五百津鉏二猶所取
二而所造天下大穴持命二所大神等依奉故云
神戸　他郡等神戸且如之

黒[a]田驛郡家同處郡家西北二里有黒田材[1]土體
色黒故云黒田旧[2]此處有是驛[b]即号曰黒田驛[3]
今東屬郡今猶追旧[4]黒田号耳
完道驛[5]郡家正西卅里 説名如郷
出雲神戸郡家南西二里卅歩伊弉[6]奈枳乃麻
奈子坐熊野加武呂乃命与五[c]百津鉏二猶所取
ゝ而所造天下大穴持命二所大神等依奉故云[d]
神戸 他都等神戸且如之

---

a 黒＝蓬に一部虫損あり。
1 材＝村(細・倉・日)。→(05)
2 4 旧＝舊(細・倉)。
b 驛＝蓬に押紙による若干の汚れあり。
3 驛＝駅(細・倉)。
5 驛＝駅(倉)。
6 弉＝時(細・倉)。
c 五＝蓬に押紙による若干の汚れあり。
d 云＝蓬に虫損あり。

賀茂神戸郡家東南卅四里所造天下大神命之
御子阿遅須枳高日子命坐葛城賀茂社此神
之神子戸故云鴨（神亀三年改字賀茂）即有正倉
忌部神戸郡家正西廿一里二百六十歩国造神吉
詞望参向朝廷時御沐之忌玉故云忌部即川
邊出湯出湯所在兼海陸仍男女老少或道路
駱驛或海中沼洲日集成市繽紛燕楽一濯則形
容端正再詠則万病悉除自古至今無不得験故

賀茂神戸郡家東南卅四里所造天下大神命之
御子阿遲須枳高日子命坐葛城賀茂社此神[a]
之神子戸故云鴨（神亀三年改字賀茂）即有正倉
忌部神戸郡家正西卅一里二百六十歩国[1]造神吉
調望参向朝廷時御沐之忌玉[2]故云忌部即川
邊出湯出湯所在兼海陸仍男女老少或道路
駱驛或海中沼洲[3]曰集成予[4]續紛燕樂一濯則形
容[b]端正再[c]詠則万病悉除自古至今無不得驗故

---

a 神＝蓬に一部虫損あり。

1 国＝國(細・倉)。

2 玉＝「玉」の下に「作」字あり(細)。なお、蓬の「玉」字の右に紙漉における屑あり。

3 洲＝「氵」(左)に「羽」(右)の字形(細・倉)。「溺」の変容形と見るよりも、「洲」の草字の変容形と見るのが良かろう。

4 予＝細・倉は「印」の異体字にも「市」にも近く、日は「予」であるが、恐らく原初字形は「市」で、全ては「市」からの変容形であろう。

b 容＝蓬に一部虫損あり。

c 再＝蓬の字は「棄」の異体字形の第一画を欠いた字形にも見えるが、細・倉・日は当時の一般的な略字形の「再」であり、ここは細・倉・日と同じ「再」の字形と見て良い。

俗人曰神湯也
寺教昊寺有山城郷中郡家正東廿五里一百廿歩
建立五層之塔也在僧教昊僧之所造也散位大初
位下上腹首押猪之祖父也新造院一所山代郷中郡家西北四里二百
歩建立厳堂也无僧置君自烈之所造出雲神戸置君猪麻呂之祖
造院一所有山代郷中郡家西北二里建立教堂一住僧一軀
飯石郡少領出雲臣弟山之所造也新造院一所有山
国郷中郡家東南廿一里百廿歩建立三層之塔也

[a]俗人曰神湯也
*寺教昊寺有山[1]城郷中郡家正東廿五里一百廿歩
建立五層之塔也在僧教昊僧之所造也散位大初
位下上腹首押猪之祖父也新造院一所山代郷中郡家西北四里二百
歩建立嚴堂也[2]旡僧置君[3]自烈之所造出雲神戸置君庶麻呂之[4]祖
造院一所有山代郷中郡家西北二里建立教堂住僧一軀
飯石郡少領出雲臣弟山之所造也新造院一所有山[b]
[5]国郷中郡家東南廿一里百廿歩建立三層之塔也

a俗＝蓬に一部虫損あり。
＊寺＝11ウ3頭書の標目「山」の類で、本来は欄外頭書の後時書込みの衍入。
1城＝國(細・倉)。
2旡＝無(細)。「旡」と「无」は通字。
3自＝目(細・倉)。
4祖＝父(細・倉)。
b有山＝蓬に虫損あり。
5国＝國(細・倉)。

山国郷人置郡根緒之所造也

熊野大社　夜麻佐社　賣豆貴社　加豆比乃社

由貴社　加豆比乃高社　都俾志呂社　玉作湯社

野城社　伊布夜社　支麻知社　夜麻佐社

城社　久多義社　佐久多社　多乃毛社

須多社　真名井社　布辨社　斯保祢社

意陀支社　市原社　久来社　布吾祢社

寄道社　野代社　賣布社　狭井社

山国[1]郷人置郡根緒之所造也

熊野大社　夜麻佐社　賣豆貴社　加[2]豆比乃社

由貴社　加豆比乃高社　都俾志呂社　玉作湯社

野城社　伊布夜社　支麻知社　夜麻佐社

[3]　城社　久多美社　佐久多社　多乃毛社

須多社　真名井社　布辨社　斯保祢社

意陀支社　印[a]原社　久来社　布吾祢社

寄[b]道社　野代社　賣布社　狹井社

---

1 国＝國(細・倉)。

2 加＝賀(細)。

10ウ・11オ等、文字が若干太くなっている箇所は、透き写し時の墨の滲みによるもので、元の文字の細い筆勢が失われている。以下の丁においても、太字はこの滲みによるもの。

3 空格＝一字分の空格。細は二字分の空格。虫損による欠字と見られる。

a 印＝蓬の文字、細・倉・日で類同。文字としては「印」字の草書を楷形化した字形。用字の原態は「市」か。

b 寄＝蓬に一部虫損あり。

同狭井高社　宇流布社　伊布夜社　由宇社

布自奈社　同布自奈社　野代社　佐久多社

意陀支社　前　社　田中社　詔門社

楯井社　速玉社　石坂社　佐久佐社

多加比社　山代社　調屋社　同社　置　以上卅八所　両

在社祇　宇田比社　支布佐社　毛社乃社

那富乃夜社　支布佐社　国原社　田村社

市穂社　同市穂社　伊布夜社　阿太加夜社

同狹井高社　宇流布社　伊布夜社　由[a]宇社
布自奈社　同布自奈社　野代社　佐久多社
意陀支社　前　社　田中社　詔門社
楯井社　速玉社　石坂社　佐久佐社
多加比社　山代社　調屋社　同社（*以上卅[b]八所置）
在社祇　宇[1]由比社　支布佐社　毛社[2]乃[3]社
那冨乃夜社　支布佐社　国[4]原社　田材[5]社
印[6][c]穂社　同印[d]穂社　伊布夜社　阿太加夜社

---

a由＝蓬に一部虫損あり。

＊＝割注の「以上卅八所置」と次行の行頭大書の「在社祇」は、他郡では「以上〇〇所並在神祇官」と、割注で記される箇所に相当。

b卅＝蓬の「卅」字の右下に存する書き付けは押紙によるもので、形としては見慣れない字形であるが、「卌」(四十)。「卅」を「卌」と批正する意の押紙。

1宇＝字(細・倉)。

2社＝祢(細・倉)。

3乃＝「乃」の下に「上」字あり(細)。

4国＝國(細・倉)。

5材＝村(細・倉・日)。

6印＝茆(細)。

cd印＝蓬の文字、10ウ「a印」参照。

須多下社　河原社　布宇社　米那為社

加和羅社　笠柄社　志多備社　食師 以上一十九所 置一石神祇官

山

長江山　郡家東南五十里　有水精

暑垣山　郡家正東八十歩　有蜂 蜂欤

高野山　郡家正東一十九里

熊野山　郡家正南一十八里　有檜檀也所謂熊野大神之社坐

久多美山　郡家西南廿三里　有社

玉作山　郡家西南廿二里　有社

須多下社　河原社　布宇社　米那為社
加和羅社　笠柄社　志多備社　食師[a] 以上一十九所置一石神祇□[1]

[*] 長江山郡家東南五十里 有水精
暑垣山郡家正東八十歩 有蜂 *
高野山郡家正東一十九里
熊野山郡家正南一十八里 有檜檀也所謂熊野大神之社坐
久多美山郡[b]家西南廿三里 有柤
玉[c]作山郡家西南卅二里 有柤

---

a師＝**蓬**に一部虫損あり。
1□＝文字、明確でなく、「予・印・弔・市」等の可能性がある（細・倉）。日は「予」字。本来は「官」とあるべき箇所。**蓬**は虫損の結果、点三ツになっている。日によると、**蓬**の原姿は「予」字のはず。なお、同箇所の破線囲み斜四角は虫損後の裏打ち紙を示したもの。
*頭書＝後時書込標目「山」（細・倉・**蓬**・日）。
*蜂＝「蜂」字の下に「蟒欸」の書き込みが、細・倉・**蓬**・日にあり、早い親本段階での書込みになる。
b郡＝**蓬**の右下は墨筆による汚れ。
c玉＝**蓬**に一部虫損あり。

神名樋野郡家西北一百廿九歩高八十丈周六里卅二歩
東有松三方
並有茅
凡諸山野所在草木麦門冬独活石斛前胡高良姜
連翹黄精百部根貫衆白朮暑預苦参細辛商
陸本玄参五味子黄芩葛根杜丹藍漆薇藤
李檜字或作梧杉字或作椙赤桐白桐楠椎海榴字或作椿楊
梅松栢字或作榧蘗槻禽獣則有鵰晨風字或作隼山鶏鳩鶉
鶬字或作離黄鵄鶚作横致切鳥也熊狼猪鹿兎狐飛鼯

押[a]名樋野郡家西北一百卅九歩高八十丈周六里卅二歩東有松三方並有茅

凡諸山野所在草木麦門冬独活石斛前胡高良姜[1]連翹黄精百部根貫衆[2]白朮暑預苦参細辛商[3]陸[4]本玄参[5]五味子黄〻葛根杜[6]丹藍漆薇藤李檜字或作梧杉字或作椙赤桐[7]白桐[8]楠椎海榴字或作椿楊梅松栢字或作榧蘗槻禽獣則有鵰晨風字或作隼山鶏鳩鶉[b]鶻字或作離黄鵄鴞作横致功鳥也熊狼猪鹿兎狐飛[c]鼯

---

a押＝蓬に一部虫損あり。

1良姜＝梁量(細・倉)。

2衆＝衣(細・倉)。

3商＝ナシ(細・倉)。蓬・日の字形は「商」の異体字。

4陸＝「陸」字の下に、「高」字あり(細)。「商」字あり(倉)。

5参＝曑(細)。

6杜＝牡(細・日)。

78桐＝相(細・倉)。

b鶉＝蓬に一部虫損あり。

c飛＝蓬の文字の不審は透き写し時の滲み。

川

字或作猵作蝸 獼猴之族至繁多不可題之

伯大川源出仁多与意宇二郡堺葛野山流経毋

理楯縫安来三郷入〻海 有年魚伊久比 山国川源出郡家

東南卅八里枯見山北海入伯太川

飯梨河源有三 一水源出仁多大原意宇三郡堺田原一水源出枯見一水源出仁多郡玉嶺山 三水

合北流入〻海 有年魚伊具比 筑陽川源出郡家正東一十里

一百歩荻山〻北流入〻海 有年魚

意宇川源出郡家正南一十八里熊野山川流入〻

[＊]
字或作獦 作蝸 獼猴之族至[1]繁[2]多[3]不可題之
伯大川源出仁多与意宇二郡堺葛野山流経母[a]
理栖縫安来三郷入〻海 有年魚 伊久比 山[4]国川源出郡家
東南卅八里枯見山北海入伯太川
飯梨河源有三 一水源出仁多大原意宇三郡堺田原 一水源出枯見 一水源出仁多郡玉嶺山 三水
合北流入〻海 有年魚 伊[5]具比 筑湯川源出郡家正東一十里
一百歩荻[＊]山〻北流入〻海 有年魚
意[b]宇川[6]源出郡家正南一十八里熊[7]野山川流入〻

1至＝主(細・倉)。

2繁＝蘩(細・倉)。

3多＝金(細・倉)。
＊頭書＝後時書込標目「川」(細・倉・**蓬**・日)。
a母＝**蓬**に一部虫損あり。

4国＝國(細・倉)。

5伊＝件(細・倉)。
＊荻＝倉・**蓬**・日の字形は「火」の箇所が「犬」。草書の楷形化による字形。
b意＝**蓬**に一部虫損あり。

6川＝ナシ(細)。河(倉)。**蓬**は、誤って一字下の「源」を書き、その「源」を水消しし、消した上に「川」字を書く。

7里＝「里」字の下に「河」字あり(細)。右に返点を付し、注記番号6の箇所に入るマークを付ける。

海年魚伊具比野代川源出郡家西南一十八里須我山北
流入玉作川源出郡家正西一十九里忌山北流入于
海有年魚来待川源出郡家正西廿八里和奈佐山
西流至山田村更折北流入々海有年魚宍道川源出
郡家正西卅八里幡屋山北海流入海無魚

池

津間抜池周二里卌步有鳥鴨鳧蓴真名猪池周一里北入
海門江濱伯耆与出雲二国堺自東行西粟島有椎松多年木宇竹真前木葛砥神島
周三里一百八十步高六十丈有椎松莽薺頭蒿都波師太等草木也

海年魚伊具比野代川源出郡家西南一十八里須我山北
流入玉作川源出郡家正西一十九里 [1] 志山北流入〻[2][a]
海有年魚来待川源出郡家正西廾八里和奈佐山
西流至[3]山田材[4]更析[5]北[b]流入〻海有年魚完道川源出
郡家正西卅八里幡屋山北海流入海無魚
[*]津間抜池周二里卌歩有鳥鴨鮒蔘真名猪池周一里北入
海門江濵伯耆与出雲二国[6]堺自東行西粟嶋有椎松多年木宇竹[7]真前等葛砥神嶋[c]
周三里一百八十歩高六十丈有椎松莘薺頭蒿都波師太等草木也

1□＝空格あり(細・倉・蓬)。虫損による欠失とみられる。→58
2〻＝ナシ(倉)。
a＝蓬には重点「〻」に半ば被せて押紙あり。押紙に別筆後時書込の「于」がある。
3至＝主(細・倉)。
4材＝村(細・倉・日)。
5析＝折(細・倉)。
b北＝字の右に、蓬に紙漉き屑あり。
＊頭書＝後時書込標目「池」(細・倉・蓬・日)。
6国＝國(細・倉)。
7竹＝弁(細・倉)。細は某字を抹消して上書きする。
c嶋＝蓬に虫損あり。

加茂嶋既礒 子嶋既礒 羽嶋有椿比佐木多年木蘋蔣頭蒿 塩楯嶋有蓼
螺子永慕 野代海中蚊嶋周六十歩中央涅土四方並礒 中六
有毛𢶅許木一株茸四 自茲以西濱或峻堀或平土並是通
礒有螺子海松
道之所經也 道通国東堺手間剗卌一里一百八
十歩通大原郡堺林垣峯卌二里二百歩通出雲
郡堺佐雜埼卌二里卅歩通嶋根郡堺朝酌渡
四里二百六十歩
前件一郡入海之南此則国廳也 務乙

加茂嶋既礒　子嶋既礒　羽嶋有播*比佐木多年木蕨薺頭蒿　塩楯*嶋有蓼

螺子永慕野代海中蚊嶋周六十歩中央温土四方並礒中央[a]

有毛揀[1]許木一枡[2]茸臼礒有螺子海松　自茲以西濱或峻堀或平土並是通

道之所経也　道通国[3]東堺手間剗卅一里一百八[b]

十歩通大原郡堺林垣峯卅二里二百歩通出雲

郡堺佐雜埼卅二里卅歩通嶋根郡堺朝酌渡

四里二百六十歩

前[c]件一郡入海之南此則国廓[4]*也

＊播＝写本の字形は「播」。「椿」の変容字形。

＊楯＝「楯」（「楯」の異体字形）からの変容字形。

a 央＝蓬に虫損あり。

1 揀＝探（細・倉）。倉には上書きがあり、不鮮明。

2 枡＝株（細・倉）。

3 4 国＝國（細・倉）。

b 八＝蓬に紙漉屑あり。

c 前＝蓬に一部虫損あり。

＊廓＝「廓」の右傍注記に「務欤」（蓬・日）「務カ」（細・倉）がある。早い段階での親本の注記になる。

郡司主帳 无位海臣
　　　　 无位出雲臣
少領従七位上勲業出雲
主政外少初位上勲業林臣
擬主政无位出雲臣

嶋根郡
合郷捌 里廿 餘戸壹驛家壹
山口郷 今依前用
朝酌郷 今依前用

郡主司主帳 [1]旡位海臣 [2]旡位出雲臣
少領従七位上勳業[a]出雲[3]
主政外少祠[4]位上勳業＊林臣
概主政旡[5]位出雲臣

嶋根郡
合郷捌 里廾 餘戸壹驛家壹
山口郷 今依前用
朝酌郷 今依前用

---

1 2 5 旡＝无(細)。「旡」は「无」と通字。
a 業＝蓬は「業」の下部を一旦「水」と書き、水消しして「業」とする。文字の背後に元の字影が残存。
＊業＝「業」字は「十二等」(「等」は「等」の省文「寸」の字形「ホ」)が合字一字化した形。→47オ「5業」参照。
3＝「雲」字の下に、日に「臣」字があるが、後時別筆による書込み。
4 祠＝日は当初「祠」字を書き、水消しして「初」字を上書き。→⑩

平《手歟》溱郷　今依前用

美保郷　今依前用

方結郷　今依前用

加賀郷　本字加々

生馬郷　今依前用

法吉郷　今依前用以上捌郷別里参

餘戸里

千酌驛家

平染郷[1]　今依前用
美保郷　今依前用
方結郷[2]　今依前用
加賀郷[3]　本字加々
生馬郷[4]　今依前用[5]
法吉郷[6]　今依前用以上捌[a]郷別里參
餘戸里
千酌[7]驛[8]家

1平＝手(倉)。倉の字形は「平」に極めて近く、「平」と「手」の中間的な字形。なお、細・倉・蓬・日の「平」字の右に「手欤」の傍書あり。これは親本に由来する傍書注記。

2 3 4 6郷＝ナシ(倉)。倉には後補字「郷」の書き込みあり。

5今依前用＝倉の四字は後補字か。

a捌＝蓬の字は木偏。偏「木・扌」は常態的に通用。

7酌＝酌(倉)。

8驛＝駅(倉)。

所以号嶋根郡國引坐八束水臣津野命之詔而負
給名故嶋根
朝酌郷郡家正南一十里六十四歩熊野大神命詔
朝御餼勘養夕御餼勘養五贄緒之處定給
故云朝酌
山口郷郡家正南四里二百九十八歩須佐能烏命
御子都留支日子命詔吾敷坐山口處在詔而
故山口負給

所[a]以号嶋根郡国[1]引坐八束[2]水臣津野命之詔[3]而負[b]
給名故嶋根
朝酌郷郡家正南一十里六十四歩[4]熊野大神[c]命詔
朝御餼勘養夕御餼勘養五[5]贄緒之處定給
故云朝酌
山口郷郡家[6]正南四里二百九十八歩湏[7]佐能烏[8]命
御子都留支日子命詔吾敷坐山口處在詔而
故山口負[d]給

---

a所＝蓬に一部虫損あり。
1国＝國(細・倉)。
2束＝来(細)。
3詔＝謚(細・倉)。
bd負＝蓬、異体字形。
4四歩＝歩四(細)。細に転倒符あり。
c神＝蓬に「明」字の痕跡がある。水消しして「神」と書き直す。
5五＝吾(細)。
6郡家＝家郡(細)。細に転倒符あり。
7湏＝涓(細)。
8能烏＝熊素(細・倉)。

手染郷郡家正東一十里二百六十四歩所造天
下大神命詔此国者丁寧所造国在詔而故丁
寧負給而今人猶詔手染郷之耳即正倉
美保郷郡家正東廿七里一百六十四歩造天下大神
命娶高志国坐神意支都久辰為命子俾都久
辰為命子奴奈宜波比売命而令産神御穂
須〻美命是神坐矣故美保
方結郷郡家正東廿里八十歩須佐乎命御子国忍

手染郷郡家正東一十里二百六十四歩所造[a]天下大神命詔此国[1]者丁寧所造国[2]在詔[b]而故丁[c]寧負[d]給而今人猶詔手染郷之耳即正倉

美保郷郡家正東廾七里一百六十四歩造天下大神命娶高志国[3]坐神意支都久辰[4]為命子俾都久辰[5]為命子奴奈冝置波比賣命而令産神御穂須ゝ美命是神坐矣故美保

方[e]結郷郡家正東廾里八十歩須佐素命御子国[6]忍

---

a造＝蓬に一部虫損あり。
1 2 3 6国＝國(細・倉)。
b詔＝蓬に若干の虫損あり。
c丁＝蓬に若干の虫損あり。
d負＝蓬、異体字形。
4 5辰＝良(細)。
e方＝蓬に一部虫損あり。

別命詔吾敷坐地者国形宜者故云方結

加賀郷郡家西北一十六里二百九歩神魂命御子

八尋鉾長依日子命詔吾御子平明不憤詔故云

生馬

法吉郷郡西家正西二百卅歩神魂命御子宇武

賀比賣命法吉鳥化而飛度静坐此処故云法吉

餘戸里　説名如意宇郡

千酌驛郡家東北一十九里一百八十歩伊差奈枳

[a]別命詔吾敷坐池者国[1]形宜者故云方結
加賀郷郡家[*]西北一十六里二百九歩神魂命御子
八尋鉾長依日子命詔吾御子平明不憒詔故云
生馬
法吉郷郡西家正西二百卅歩神魂命御子宇武
賀比賣命法吉鳥化而飛度静坐此[2]処[3]故云法吉
餘戸里 説名如意宇郡
千酌驛[4]郡家東北一十九里一百八十歩伊差奈枳[5]

---

a 別＝**蓬**に一部虫損あり。
1 国＝國(細・倉)。
＊郡家＝「郡家」から四行目の「生馬」までの三八字は、「生馬郷」の記事であり、「加賀郷」の記事は脱落。これは再脱落本に共通する事項であり、**蓬**だけでなく、細・倉・日においても脱落。鈔の本文によって「郡家北西二十四里一百六十歩佐太大神所坐也御祖神魂命御子支佐加地賣命闇岩屋哉詔金弓以射給時光加加明也故云加加生馬郷」の五六字を復元することが出来る。
2 此処＝処此(細)。細に転倒符あり。
3 処＝處(日)。→01
4 驛＝駅(倉)。
5 枳＝松(細・倉)。

余郷子都久豆美命比処生然則可謂都久豆美
而今人猶千酌号郷
大埼社　太埼川邊社　朝酌下社　努那弥社
椋見社　以上卅五所並不在神祇官
山
布自枳美高山郡家正南七里二百一十歩高丈周一
十里　有烽　女岳山郡家正南二百卅歩蝨野郡家西
南三里一百歩　无樹木　毛志山郡家北一里大倉山郡
家東北九里一百八十歩江山郡家東北廿六里卅歩

命御子都久豆美命此処[1]生然則可謂都久豆美
而今人猶千酌号郷
*大埼社　太埼川邊[2]社　朝酌下社[3]　努那弥社
椋見社　以上卅[4]五所並不在神祇官
[*]
布自枳美高山郡家正南七里二百一十歩高丈周一
十里有降女岳山郡家正南二百卅歩蝨[a]野郡[5]家西
南三里一百歩旡[6]樹木　毛志山郡家北[7]一里大倉山郡
家[b]東北九里一百八歩　江山郡家東北廾六里卅歩

---

1 処＝處(日)。→01
＊大＝以下、非神祇官社五社を記載。「以上卅五所並不在神祇官」の「卅」は当風土記巻頭に記される総数から、細・倉の本文「卌五所」(四五所)が正しく、前に位置する神祇官社総数は同様に十四所と判明。神祇官社十四所分四行と非神祇官社四十所分一〇行の一四行五十四社分が欠落。細・倉・蓬・日という「再脱落本系諸本」の本文欠損であるが、再脱落本以前の祖本段階での欠損(加藤義成氏)。
2 邊＝辺(細・倉)。
3 朝酌下社＝酌下社朝(細)。細に転倒符あり。
4 卅＝卌(細・倉)。
＊頭書＝後時書込標目「山」(細・倉・蓬・日)。
a 蝨＝蓬の字は「蝨」の変容形。
5 郡＝細には後時別筆により「那」字かと見られる上書きがある。
6 旡＝无(細)。「旡」「无」は通字。
7 北＝細は「北」字の上に「正」字あり。
b 家＝蓬に一部虫損あり。

小倉山郡家正東廿四里一百六十歩凡諸山所在草
木白朮麦門冬藍漆五味子苦参独活葛根署
預早解狼毒杜仲芍藥柴胡苦参百部根石斛
高本藤李赤桐白桐海榴楠楊松栢禽獣則
有鷲（字或作鵰）隼山鷄鳩鵠猪鹿猿飛鼯

川

水草河源二（一水源出郡家東三里一百八十歩毛志山一水源出郡家西北六里一百六十歩同毛志山二）
二水合南海流入〻海（有鮒）長見川源出郡家東北九里
一百八十歩大倉山東流丈鳥川源出郡家東北一

小[a]倉山郡家正東廿四里一百六十歩凡諸[b]山所[c]在草木白朮麦門冬藍漆五味子苦参独活葛根暑預卑解狼毒[1]杜[2]仲芍薬[3]柴[4]胡苦参[*]百部根石斛高本藤李赤桐[5]白桐[6]海柘榴楠楊松栢禽獣則有鷲（字或作鵰）隼山鶏鳩鶉猪鹿猿飛鼯

[*]水草河源二（一水源出郡家東三里一百八十歩[7]毛志山一水源出郡家西北六里一百六十歩[8]同毛志山[9]ゝ）二水合南海流入ゝ海（有鮒）長見川源出郡家東北九里一百八十歩大倉山東流丈鳥川源出郡家東北一

---

a小＝蓬に一部虫損あり。
b諸＝蓬に一部虫損あり。
c所＝蓬に押紙あり。
1毒＝一別(細・倉)。
2杜＝社(細・倉)。
3薬＝谷如(細・倉)。
4柴＝此(細・倉)。
＊苦参＝細・蓬・倉・日のいずれにも「苦参」が2行目と重出。恐らく3行目が衍入。
56桐＝細は「桐」の上に重ねて「銅」と書く。
56桐＝銅(倉)。
＊頭書＝後時書込標目「川」(細・倉・蓬・日)。
7歩＝十ゝ(細・倉)。
8歩＝尤(細・倉)。
9山＝心(細・倉)。

十二里一百一十歩墓野山南流二水合東流入〻海
野浪川源出郡家東北廿六里卅歩糸江山西流
入大海加賀川源出郡家正北廿四里一百六十歩
小倉山西流入秋鹿郡佐太水海 以上六川並少〻无魚波也 法吉陂周
五里深七尺許有鴛鴦鳧鴨[illegible]鮒須我毛 當夏節尤在美菜
前原坡周二百八十歩有鴛鴦鳧鴨等之類張田
池周一里卅歩 匏池周三里一百一十歩 生蒋 美能夜
池周一里口池周一里一百八十歩 百蒋 鴛鴦

十二里一百一十歩墓野山南流二水合東流入ゝ海
野浪川源出郡家東北廾六里卅歩糸江[a]山西流
入大海加賀川[1]源出郡家正北廾四[b]里一百六十歩
*小倉山西流入秋鹿郡佐大[2]水海 以上六川並少ゝ旡[3]魚波也 法吉陂[4]周[c]
五里深七尺許有鴛鴦鳧鴨鮒須我毛 當夏節尤在美菜
前原坡周二百八十歩有鴛鴦鳧鴨等之類張田
池周一里卅歩匏池周一里[d]一百一十歩 生蒋 美能夜
池[e]周一里口池周一里一百八[5]十歩 有蒋鴛鴦

---

a江＝**蓬**に一部虫損あり。
1加賀川＝賀川加(細)。細に転倒符あり。
b四＝**蓬**は「里」字の上部を書きかけ水消しして「四」を書く。水消しが薄く重ね書きに見え、その上、透き写しの滲み(黒丸)が重なる。
＊小倉山＝「小倉山」の下に「北流入大海也多久川源出郡家西北廾四里小倉山」の一行分二一字脱落。再脱落本に共通する事項で細・倉・**蓬**・日はいずれも脱落。
2大＝太(細)。

3旡＝无(細)。「旡」「无」通字。

4陂＝波(細・倉)。

c周＝**蓬**に一部虫損あり。

d一里＝**蓬**の「一里」の箇所「一里」の文字に被せる形で押紙が貼られ、その押紙に「三抄」とある。本文「一里」を「三里」と訂する意味であり、「抄」は鈔による意。

e池＝**蓬**に一部虫損あり。

5八＝一(細)。

玉 駈善悲歩悲語 走白也又馬奔 駭午駭切馬行也 又乱知也

數田池周一里 有鴛鴦 南入海 自海行東 朝酌促戸東有通
道西在平原中央渡則筌亘東西春秋入出大小
雜魚臨時来湊筌邊駈駭風壓水衝或破壞筌
或製日鹿於鳥被捕大小雜魚濱藻家闐市人
四集自然成墨矣 自茲入東至于大井濱之間南北二濱並捕日魚水深也 朝酌渡
廣八十歩許自國廳通海邊通矣
大井濱則有海鼠海松又造陶器也
邑美冷水東西北山並嵯峨南海澶漫中央

[b]

敷[a]田池周一里有鴛鴦南入海自海行東[1]朝酌促戸東有通
道西在平原中央渡則筌[2]亘東西春秋入出大小
雜魚臨時来湊筌邊[3]駓駭風壓水衝或破壊[c]筌
或製日鹿於鳥[4]被捕大小雜魚濵藻家闐市人
四集自然成墨[d]矣自茲入東至于大井濵之間南北二濵並捕日魚水深也朝酌渡
廣八十歩許自国[5]廳通海邊[6]道矣
大井濵則有海鼠海松又造陶器也
邑美冷水東西北山並嵯峨南海澶漫中央

---

a 敷＝蓬に一部虫損あり。
1 海＝西(細)。
2 筌＝細は最初「釜」と見られる字を書く。後、重ね書きして「筌」とすると共に、同筆(次行の「筌」と同筆)で「筌」と傍書。
3 6 邊＝辺(細・倉)。
b 頭書＝蓬・日に左の後時頭書がある。

玉
駓 普悲歩悲二切 黄白色又馬走皃
駭 午駭切馬行也 又旡知也

この頭書は本文中に出る「駓駭」の二字への注記。右肩の「玉」は「玉篇」の略。「原本系玉篇」でなく、『大廣益會玉篇』からの引用。「駓」字は「駓に同じ」とあり、「駓」字条に記述がある。「駭」字の反切は「牛駭切」であり、これは『篆隷萬象名義』においても「牛駭切」で、「午」は「牛」の誤写。この誤写は日や同系統写本で「午・干」などと転写される(日の「午」は「干」に近い)。

c 壊＝蓬の字、草書を楷形化した字形。
4 鳥＝烏(倉)。
d 墨＝蓬、文字に被る形で押紙あり。
5 国＝國(細・倉)。

鹵濱礫々男女老少時々叢集常燕會地矣
前原埼東北並龍﨑下則有陂周二百八十歩
深一丈五尺許三邊草木自生涯鴛鴦鳧鴨
隨時常住陂之南海也即陂与海之間濱東
西長一百歩南北廣六歩肆松蓊鬱濱鹵淵
澄男女隨時叢會或愉樂歸或耽遊忘歸常
燕喜之地矣蜛蝫嶋周一十八里一百歩高三丈

本草綱目
蠘魚郎々鼻前
有骨如谷竹
能敷擎物壞舟
者曰鮹沙

古老傳云出雲郡杵築御埼在蜛蝫天羽合鷲

鹵灢磷〻男女老少時〻叢集常燕會地矣
前原埼東北[1]並龍嵸下則有陂[2]周二百八十歩
深一丈五尺許三邊[3]草木自生涯鴛鴦鳧鴨
随時常住陂[4]之南海也即陂与海之間濵東[a]
西長一百歩南北廣六歩肆松蓊欝濵鹵渕
澄男女随時叢會或愉樂帰[5]或耽遊忘帰常
燕喜之地矣[6]蜛蝫嶋周一十八里一百歩高三丈
[b]古老傳云出雲郡杵築御埼在蜛蝫天羽合鷲

1東北＝両字の間に「西」あり(細)。
2陂＝彼(細・倉)。
3邊＝辺(細・倉)。
4陂＝波(細・倉)。
a東＝蓬に一部虫損あり。
5帰＝皈(細・倉)。「皈」は「歸・帰」の異体字。
6矣＝「矣」の下、半字分の空格あり(細・倉)。
b頭書＝蓬・日に左の後時頭書がある。

> 本草綱目
> 鮫魚部ニ 鼻前有骨如斧斤、
> 能撃物壊舟者。曰鋸沙。

この頭書は本文中に出る「蜛蝫」(タコ)に注記されたものに違いない。「鮹魚」(タコ)は『本草綱目』第四十四巻「鱗之四(無鱗魚二十八種)」条に載る。ただし、この頭書はその「鮹魚」条の隣の記事である「鮫魚」条に引用される『集解』の一文。これについては「解題」参照。蓬に載るこの頭書が日に転載され、以後、日の写本系統の標識となっている。

椋椅飛燕来止于此嶋故云蜛蝫嶋今人猶誤栲嶋
号耳土地豊渡西邊松二株以外茅沙薊頭蒿
路等之類生靡 即有牧 去陸三里蜛蝫嶋周五
里一百卅歩高二丈古老傳云有蜛蝫嶋蜛蝫
食来蜈蚣止居此嶋故云蜈蚣嶋東邊神社以外
皆悉百姓之家土體豊渡草木扶疎桑麻豊富
此則所謂嶋里是矣 去津二里一百歩 即自此嶋達伯
耆国郡内 夜見嶋磐石二里許廣六十歩許

掠[a]持飛燕来止于此嶋故云蜛蝫嶋今人[b]猶誤栲[1]嶋
号耳土地豊渡西邊[2]松二株以外茅沙薺頭蒿
路[c]等之類生靡（即有枚）去陸三里蜛蝫嶋周五
里一百卅歩高二丈古老傳云有蜛蝫嶋蜛蝫[d]
食来蜈蚣止居此嶋[3]故云蜈蚣嶋東邊[4]神社以外
皆悉百姓之家土體豊渡草木扶疎[5]栗[*]麻豊富
此渕所謂嶋里是矣（去津二里一百歩）即自此嶋達伯
耆国[6]郡内　[*]夜見嶋磐[e]石二里許廣六十歩許

---

a掠＝蓬に若干の虫損あり。

b人＝蓬に若干の虫損あり。

1栲＝栲(細)。「栲」は「栲」の異体字。
2 4邊＝辺(細・倉)。
c路＝蓬の字の右に薄墨の汚れあり。

d蝫＝蓬の「蝫」字の不審は茶渋状の汚れ(色、濃茶色)に起因。汚れは裏面に薄く達し、袋綴じ製本後のものであることが確認できる。即ち19ウ五行目の行末下部の痕跡がそれである。

3嶋＝島(細・倉)。

5疎＝蔬(細・倉)。

*栗＝「桑」の異体字。

6国＝國(細・倉)。

*空格＝細・倉・蓬・日に空格がある。親本の虫損に由来すると見られる。欠字は「之」か。

e磐＝蓬は「盤」と書きかけ水消しして「磐」とする。

乗馬猶往来塩満時深二尺五寸許塩乾時者
已如陸地 和多ゝ島周三里二百廿歩 有椎海柘榴 白桐松芋菜
薺頭蒿蕗 都波猪鹿 去陸渡一十歩不知深浅矣 佐島
周二百六十歩高四丈 有椎樸茅葦都波薺蒿
戸江剗郡家正東廿里一百八十歩 非島陸地濱耳 伯耆郡内夜見島
将相向 之間也
栗江埼 相向夜見島促戸 渡二百一十六歩
埼之西入海堺也凡南入海所在雑物入鹿和尒

乗馬猶往来塩満時深二尺五寸許塩乾時者

已如陸地和多々嶋周三里二百卅歩　有椎[1]海柘榴白桐松芋菜

薺頭蒿蕗都波猪鹿　去陸渡一十歩不知[a]深淺美佐嶋

周二百六十歩高四丈　有椎模茅葦都波薺蒿

戸江剗郡家正東卅里一百八十歩　非嶋陸地[b]濵耳伯耆郡内[c]夜見嶋[d]

將相向之間也

粟[e]江埼　相向夜見嶋促戸渡二百一十六歩

埼[f]之西入海堺也凡南入海所在雜物入鹿和尓

---

1 椎＝惟(細)。

a 知＝**蓬**の文字の不審は透き写しによる滲みによる。

b 地＝**蓬**の字の上に薄墨の汚れあり。

c 内＝**蓬**の字の右に薄墨の汚れあり。

d 嶋＝19オ注記「d蛒」参照。

e 粟＝**蓬**の字の右に薄墨の汚れあり。19オ注記「c路」の汚れとは位置を異にし、重ならない。

f 埼＝**蓬**に一部虫損あり。

鯔須受枳近志呂鎮仁白魚海鼠鰝鰕海松等之
類至多不可令名
小大海埼之東大埼也 猶自西行東 鮮石嶋 生海藻 大嶋 議昆
宇由比濱廣八十歩 補志毗魚 盜道濱廣八十歩 補志毗魚
澹由比濱廣五十歩 補志毗魚 加努夜濱廣六十歩
補志毗魚 美保濱廣一百六十歩 西有神社北有百姓之家補志毗魚 美保埼 周壁
峙衆定岳 等ゝ嶋 鳥ゝ當住 土嶋 礒 久毛等浦廣一百歩 自東行西
十舩可漕泊ゝ 黒嶋 生海藻 𨗉由濱長二百歩 比佐嶋 生紫菜海藻

鯔須受枳近志呂鎮仁白魚海鼠鰝鰕海松等[a]之

類至多不可令名

北大[1]海埼之東大堺也猶自西行東鯉石嶋生海藻大嶋議[b]昆

宇由比濵廣八十歩捕志毗魚盗道濵廣八十歩捕志[2]毗[3]魚

澹由比濵廣五十歩捕志毗魚加努夜濵廣六十歩

捕志毗魚美保濵廣一百六十歩西有神社北有百*姓之家捕志毗魚美保埼用壁

峙鼻定岳等々嶋禺々當位圡嶋礒久毛等浦廣一百歩自東行西

十舩可漕*黒嶋生海藻這由濵長二百歩比佐嶋生紫菜海藻

---

a 等＝**蓬**の左傍は紙漉の屑。

1 大＝「大」の下に「海」あり(細)。

b 議＝**蓬**は某字を水消しし「議」とする。上に透き写しの滲みあり。

2 志＝**蓬**は「志」字であるが、やや癖のある特異な字形。これにより、日は同字を書写後に抹消し、「志」と書きなおす。文字の背後に元の字形が痕跡として残る。→07

3 毗＝昆(細)。「毗・昆」は偏旁置換(偏冠置換)による異体字で同字。当丁の他所が全て古形の「毗」とある中で、細は当所のみ「昆」。

*百＝日の字、「百」の第五画第六画が極端に薄くて用字に不審が存するが、筆画が極めて細いだけのことであり、「百」の用字に疑点は無い。

*漕＝「漕」字の左傍書に「泊平」(細・倉)、「泊敦」(**蓬**・日)とあり、この左傍書は親本の早い段階での書き込み。

長嶋生紫菜海藻比賣嶋礒結嶋周二里卅歩高一
十丈有松薺頭蒿都波御前小嶋礒質簡比浦廣二百廿
歩南神社北百姓之家卅舩可泊久宇嶋周一里卅歩高七尺有椿椎白朮小
竹薺頭蒿都波茅加多比嶋礒舩嶋礒屋嶋周二百歩高
廿丈有椿松薺頭蒿赤嶋生海藻宇氣嶋同前黒嶋同前粟嶋周
二百八十歩高一十丈有松茅都波玉緒濱廣一百八十歩
有碁東邊有唐砥又右百姓家小嶋周二百卅歩高一十丈有松茅薺頭都波
方結濱廣一里八十歩東西有家勝間埼有二窟一高一丈五尺裏周一十八歩一高一

長嶋 生紫菜海藻 比賣嶋 礒 結嶋門周二里卅歩高一
十丈 有松薺頭蒿都波 御前小嶋 礒 質簡a比浦廣二百廾
歩 南神社北百姓之家卅船可泊 久宇嶋周一里卅1歩高七尺 有椿2椎3白朮小
竹薺頭蒿都波芋4 加多比嶋 礒 船嶋 礒 厓嶋周二百歩高
廾丈 有椿松薺頭蒿 赤嶋 生海藻 宇氣嶋 同前 黒嶋 同前 粟嶋周
二百八十歩高一十丈 有松芋茅都波 玉緒濵廣一百八十歩
有碁東邊有唐砥又右百姓家 小嶋周二百卌歩高一十丈 有松茅薺頭都波
b方結濵廣一里八十歩 東西有家 勝間埼有二窟 一高一丈五尺裏周一十八歩一5高一

---

a 簡＝蓬の文字の右に薄墨の汚れあり。なお、竹冠は諸本が変容形(横に斤斤)。

1 卅＝卌(細・倉)。

2 椿＝櫄(細・倉)。

3 椎＝細・倉には、この下にもう一字「椎」あり。

4 芋＝芧(細・倉)。芊(日)。翻字は「芋」(ウ・いも)で示したが、6行目「芋」(字形としては「芊」カン)の旁第一画が左から右へ書くのに対し、当字は右から左へ書き「芉」(セン)か。日及び鈔も「芊」。細・倉は「芧」(チョ)とあり、これは「茅」の字形。因みに、蓬の6・7行目の「茅」の字形は「芧」。

b 方＝蓬に若干の虫損あり。

5 一＝ナシ(細)。細は割注末尾(次丁)に「二」があり、転倒符を付し、当所に入る旨を記す。

丈五尺裏周廿歩　鵜嶋周一百廿歩高一十丈有都波苡　鳥嶋周
八十二歩高一十五丈有嶋栢　黒嶋生紫菜海藻　須義濵
廣二百八十歩衣嶋周一百廿歩高五丈中鑒
南小船猶往来也稲上濵廣一百六十歩有百姓之家
稲積嶋周卅八歩高六丈有松木鳥之栖　中鑒南小船猶
往来也大嶋礒　千酌濵廣一里六十歩東有松林南方驛家北方百姓
之家郡家西北廿九里廿歩此則所謂度隠岐国津是矣　如志嶋周五十六歩高三
丈有松　赤嶋周一百歩高一丈六尺有松　葦浦濵廣一

（丈五尺裏周[a]廾歩）鳩嶋周一百廾歩高一十丈（有都波苡）鳥嶋周八十二歩高一十五丈（有嶋栢）黒嶋（生紫菜海藻）須義濵廣二百八十歩衣嶋周一百廾歩高五丈中鑒南北船猶往来也稲上濵廣一百六十[1]歩（有百姓之家）稲積嶋周卌八歩高六丈（有松木鳥之栖）中鑒南北船猶往来也大嶋礒千酌濵廣一里六十歩（東有松林南方驛[2]家北方百姓之家郡家西北廾九里廾歩此則所謂度隠岐国[3]津定矣）如志嶋周五十六歩高三丈（有松）赤嶋周一百歩高一丈六尺（有松）葦浦濵廣一

---

a 周＝蓬に一部虫損あり。

1 十＝「十」の下に「二」あり(細・倉)。

2 驛＝駅(細・倉)。

3 国＝國(細・倉)。

百丈歩有百姓之家黒嶋生紫菜海藻亀嶋同前附嶋周二里一
十八歩高一丈有椿松蔣頭蒿草蓽都伎也其蔣頭蒿者正月元日生長守藕嶋生紫菜海藻
中鑒南小船猶往来也真屋嶋周八十六里高五
丈有松松嶋周八十歩高八丈有松林立石嶋礒瀬埼
礒取瀬埼或是也野浪濱廣二百八歩十ヶ東邊有神社又有百姓之家鶴嶋周
二百一十歩高九丈有松々間嶋生海藻毛都嶋生紫菜海藻
川来門大濱廣一里百歩有百姓之家黒嶋有海藻小黒嶋
生海藻加賀神埼即有窟一十丈許周五百二歩許東

百卄歩有百姓之家黒嶋生紫菜海藻亀嶋同前附嶋周二里一十八歩高一丈有椿松薺頭蒿[1]茅葦都波也其薺頭蒿者正月元日生長六寸蕪[a]嶋生紫菜海藻中鑒南北舩猶往来也真屋嶋周八十六里高五丈有松松嶋周八十歩高八丈有松林立石嶋礒瀬埼礒所瀬埼或是也野浪濵廣二百八歩[b]東邊[2]有神社又有百姓之家鶴嶋周二百一十歩高九丈有松間嶋生海藻毛都嶋生紫菜海藻川来門大濵廣一里百歩有百姓之家黒嶋有海藻小黒嶋生海藻加賀神埼即有窟一十丈許周五百二歩許東

1蒿＝ナシ(倉)。

a蕪＝蓬に一部虫損あり。

b八歩＝蓬には押紙で「八歩」の間に横線を入れ「十一本」(小字は「一本」)とある。本文を「八十歩」と見る校異書き込みである。

2邊＝辺(細・倉)。

西小道 所謂佐太大神之所產生処也所產生臨時弓箭亡坐尓時
御祖神魂命子御子枳佐賣比賣命願吾御子麻須羅神御
子坐者所亡弓箭出来願坐尓時角弓箭隨水流出尓時取之詔之
此者非弓箭詔而擲廢給又金弓箭流出来即待取之坐而闇鬱
巖哉詔而射通坐即御祖支佐加地賣命社坐此処今人是窟辺行
時必聲磅礚而待若密行者神現而飄風起行船者必覆

御嶋周二百八十歩高一十丈中通東西 有椿松栢
葛嶋周一里一百十歩高五丈 有椿松小竹茅葦
櫛嶋周二百卅歩高一十丈 有松林
許意嶋周八十丈高一十丈 有松茅澤林
真嶋周一百八十歩高一十丈 有松
比羅嶋 生紫菜海藻
黒嶋 同前
名嶋周一百八十歩高九丈 有松
赤嶋 生紫菜藻

西北道所謂位[1]太大神之所産生処也所産生臨時弓箭亡坐尓時御祖神魂命子[2]御子枳佐賣命願吾御子麻須羅神御子坐者[a]所亡弓箭出来願坐尓時角弓箭随水流出尓時所子詔子此者非弓箭詔而擲廢給又金弓箭流出来即待所[3]之坐而闇欝窟哉詔而射通坐即御祖支佐加地賣命社坐此処今人是窟辺行時必声磅礚而待若蜜[4]行者神現而飄風起行船者必覆

御嶋周二百八十歩高一十丈中通東西有椿松栢　葛嶋周一里一百十歩高五丈有[5]椿松小竹茅葦　櫛嶋周二百卌歩高一十丈有松林　許意嶋周八十丈高一十丈有松茅澤林　真嶋周一百八[6]十歩高一十丈有松　比羅嶋生紫海藻　黒嶋同前　名嶋周一百八十歩高九丈有松　赤嶋生紫菜藻

1位＝佐(倉)。

2子＝之(細)。

a者＝蓬に若干の虫損あり。

3所＝取(細)。倉・蓬・日の「所」字は「取」に類似。割注中の「所謂」「所産」(重出)「所亡」は「所」、「所子」(「子」は「而」とあるべき箇所)と当例の「待所」は「取」とあるべき箇所。「所」と「取」が「字形衝突」を起こしている。細がわずかに両字を書き分ける。「取」字の常は偏の「又」を明確に示して書き分けている(4ウ8)。

4蜜＝密(細・倉)。

5有＝ナシ(倉)。

6八＝ナシ(倉)。

大嶋濱廣〻一里一百八十歩西小有著百姓之家須〻江埼有白木
御津濱廣〻二百八歩有百姓之家三嶋生海藻亀津濱廣〻一百
廿歩手結埼濱邊有二椿窟高一丈裏周卅歩手結浦廣〻卅二歩
船二許可泊久宇嶋周一百卅歩高七丈有松
凡此海所捕雜物志毗朝鮐沙魚烏賊蜛蝫鮑魚
螺蛤貝字或作蚌菜蕀甲蠃字或作石経子甲蠃蓼螺子字或作螺
子螺蛎子石華字或作蛎大脚也或曠〻於脚者勢也白貝海藻海
松紫菜凝海菜等之類至繁〻不可令称也

大埼濵廣一里一百[1]八十歩（西[a]北有着[2]百姓之家）須〻比埼（有白朮）
御津濵廣[3]二百八歩（有百姓之家）三嶋（生海藻）[4]虽津濵[b]廣一百
卅歩手結埼濵邊[5]（有二檜）窟[6]（高一丈裏周卅歩）手結浦廣卌二歩
（船二許可泊）久宇嶋周一百卅歩高七丈（有松）
凡此[7]海所捕雜物志毗朝鮐[c]沙魚烏賊蜛蝫鮑魚
螺蛤旦[8]（字或作蚌菜）蕀甲蠃（字或作石経子）甲蠃蓼螺子[9]（字或作螺子）
螺蛎子石蕐（字或作蛎犬脚也或[10]曠於脚者勢也）白貝海藻海
松紫菜凝海菜等之類至繁不可令称也

---

1 一百＝ナシ(細)。細の「八十歩」の下に「一百」があり、転倒符を付し、「八十歩」の上に置く旨の指示がある。
a 西＝蓬の特異な字形は、後時における透き写しの際に付けられた別筆による滲みの痕跡。
2 着＝有(倉)。倉は「有有」となる。
3 廣＝ナシ(倉)。
4 虽＝虫(日)。「虽・虫」は異体同字。
b 濵＝蓬に一部虫損あり。
5 邊＝辺(細・倉)。
6 窟＝屈(細・倉)。
7 此＝北(倉)。
c 沙＝蓬の右下に薄墨の汚れあり。
8 旦＝且(細)。「貝」とあるべき箇所。
9 螺＝蜾(細・倉)。
10 或＝細・倉には下に「圡」字あり。

通道通意宇郡朝酌渡一十一里二百廿歩之中
海八十歩通秋鹿堺佐太橋一十五里八十歩通
隠岐渡千酌驛家湊一十一里一百八十歩
郡司主帳無位出雲臣
大領外正六位下社部臣
少領外従六位上社部石若
主政従六位下勲業蝮朝臣

秋鹿郡

通道通意宇郡朝酌渡一十一里二百卅歩之中
海八十歩通秋鹿堺佐太橋一十五里八十歩通
隠岐渡千酌驛[1]家湊[2]一十一里一百八十歩

郡司 主帳 無位 出雲臣
大領外正六[a]位下社部臣
少領外従一[b]位上社接石若
主政従一[c]位下勲業[3]蝮朝臣

秋鹿郡

---

1 驛＝駅(細・倉)。

2 湊＝溱(細・倉)。「溱」は、「湊」の草書形を誤認し楷形化した字形。

a 六＝**蓬**の字形は「十八」を合字にしたような字形。この癖字は細も同じで親本の字形。

bc 一＝**蓬**と日の原初の用字は「二」。これは細・倉も同じ。**蓬**と日は加筆され、「六」と修訂。右のaの字形でなく、修訂が明らか。これは日の書写時に、一旦「二」と書写後、両本同時並行的に修訂。
→㊱・㊲・㊴・㊵・㊷・㊸

3 業＝桒(細・倉)。細・倉の「桒」の字は異体字の「桒」。細・倉共に、右に傍書「業欤」あり。

合郷肆　里十二　神戸壹

惠曇郷　本字惠伴

多太郷　今依前用

大野郷　今依前用

伊農郷　本字伊努

以上郷捌里叁

神戸里

所以号秋鹿者郡家正北秋鹿日女命坐故云

秋鹿矣

合郷肆 里十二 神戸壹
恵曇郷　本字恵伴
多太郷　今依前用
大野郷　今依前用
伊農郷　本字伊努 以上郷捌*里參1
神戸里
所以号秋鹿者郡家正北秋鹿日女命坐故云
秋鹿矣

---

*捌＝「捌」は数詞「八」の大字。ここは「郷ごとに」の意味で、「別」字であるべき箇所。

1參＝参(細・倉)。「參」は数詞「三」の大字で、「まゐる」意の動詞「叅」と用字が遣い分けられた（小野田光雄氏『古事記釋日本紀風土記ノ文獻學的研究』）。桑原祐子氏によると、明確な遣い分けの時期は天平六年以降になる（『正倉院文書の国語学的研究』）。ただし、それ以前から、識別使用は存在。
　なお、「參」字における「ム」の第二と第三を続けた字形が「参」。「參」の字は**蓬**で簡略な字形でのみ記されるが、使用文字の関係から「參」で表示。

恵曇郷郡家東北九里卌歩須作能乎命御子
磐坂日子命国巡行坐時至坐此処而詔此処者
国稚美好有国形如畫鞆哉吾之宮者是處造
事者故云恵伴 神亀三年改字恵曇
多太郷郡家西北五里一百廿歩須佐能乎命御
子衝桙等乎而留比古命国巡行坐時至坐此処
詔吾御心照明正眞成吾者此處静將坐詔而静
坐故云多太

惠[a]曇郷郡家東北九里卌歩須作能乎[b]命御子[c]
磐坂日子命国[1]巡行坐時至坐此処[2]而詔詔此処[3]者
国[4]権美好有国[5]形如畫鞆哉吾之宮者是處造
*叓者故云惠伴（神亀三年改字惠曇）
多太郷郡家西北五里一百卅歩須佐能乎命御
子衝杵等乎而留比古命[d]国[6]巡行坐時至坐此処[7]
詔吾御心照明正冥成吾者此處静將坐詔而静
坐故云多太

---

a惠＝蓬に一部虫損あり。

b乎＝蓬に一部虫損あり。

c子＝蓬の第一画の違和感は、後時の透き写しによる痕。なお「子」の下部には異物が付着。
1 4 5 6国＝國(細・倉)。
2 3処＝處(日)。→⓪①
*叓＝「事」の異体字。

d命＝蓬の字形は「令」と混交現象(コンタミネーション)を起こした中間的な字形。翻字は「命」とした。細・倉・日は通常の「命」。→㊽の次に加筆の「追記」参照。

7処＝處(細・日)。→⓪①

大野郷郡家正西一十里廾歩和加布都努志能
命御狩爲坐時即郷西山持人立給而追猪犀北方
上之至阿内谷而其猪之跡亡失尓時詔自然哉猪之
跡亡失詔故云内野然今人猶誤大野号耳
伊農郷郡家正西一十四里二百歩出雲郷伊農郷坐
赤衾伊農意保須美比古佐和氣能命之后天甦
津日女命國巡行坐時至坐此処而詔伊農波
夜詔故云足怒伊怒（神亀三年改字伊農）神戸里（出雲之説名如意宇郡）

大野郷郡家正西一十里廾[1]歩和加布都[2]努志能命御狩為坐時即郷西山持人立給而追[a]猪犀北方上之至阿内谷而其猪之跡壬[3]失尓時詔自然哉猪之跡六[4]失詔故云内野然命[5]人猶誤大野号耳

伊農郷郡家正西一十四里二百歩出野郷伊農郷坐赤食[6]伊農意保須美比古佐和氣能命之居天瓱津日女命国[7]巡行坐時至坐此処[8]而詔伊農波夜[b]詔故云足怒伊怒[9] 神亀三年改字伊農

神戸里 出雲之説名如意[c]宇[10]郡

1廾＝卅(細・倉)。
2都＝郡(細・倉)。
a追＝**蓬**に一部虫損あり。
3壬＝亡(日)。→⑪
4六＝亡(日)。→⑫
5命＝今(日)。→⑬
6食＝含(細)。
7国＝國(細・倉)。
8処＝處(日)。→01
b夜＝**蓬**に若干の虫損あり。
9怒＝努(細・倉)。
c意＝**蓬**に一部虫損あり。
10宇＝季(細・倉)。

社

佐太御子社　比多社　御井社　垂水社　恵杼毛社

許曽志社　大野津社　宇多貴社　大井社　宇智社

以上一十所並
在神祇官

恵曇海邊社　同海邊社　奴多之社　那牟社

多大社　同多大社　出嶋社　阿之牟社　田仲社

弥多仁社　細見社　下社　伊努社　毛之社

草野社　秋鹿社　以下十五所並
不在神祇官

山

神名火山郡家東北九里卌歩高卌歩丈周四里所謂

佐太大神社即彼山下之足日山郡家正北一里高一百

1＊
佐太御子社　比多社　御井社　垂水社　恵梯[a]毛社
許曽志社　大野津社　宇多貴社　大井社　宇智社
以上一十所並在神祇官
恵曇海邊[1]社　同海辺社　奴多之社　那牟社
多大社　同多大社　出嶋社　阿之牟社　田仲社
弥多仁社　細見社　下社　伊努社　毛之社
草野社　秋鹿社　以下十五所并不在神祇官

2＊
神名大[2]山郡家東北九[b]里卅歩高卅歩丈周四里所謂
佐太大神社即彼山下之足日山郡家正北一里高一百

＊頭書1＝後時書込標目「社」(細・倉・**蓬**・日)。
a梯＝**蓬**の旁は行書を楷書化した字形。その第十画は押紙が被って墨が薄く見えるだけで、用字に不審な所はない。
1邊＝辺(細・倉)。**蓬**の字形は辶に鳥の異体字形。
＊頭書2＝後時書込標目「山」(細・倉・**蓬**・日)。
2大＝火(細・倉)。
b九＝**蓬**の「九」の中央部に汚損あり。

七十丈周一十里二百歩女心高野郡家正西一十里
廿歩高一百八十丈周六里土體豊渡百姓之高之
腴園矣无樹林但上頭在樹林此則神社也都勢
野郡家正西一十里廿歩高一百一十丈周五里无
樹林嶺中在潯周五十歩蘿藤萩葦茅土物叢
生或叢峙或伏水鴛鴦住也今山郡家正西一十里
廿歩周七里。諸山野所在草木白朮独活女青苦參
貝母牡丹連翹伏苓藍漆女委細辛蜀椒署預白斂、

七十丈周一十里二百歩女[1]心高野郡[2]家正西一十里
卅歩高一百八十丈周六里土體豊渡百姓之高之
腴園[3]矣旡[4]樹林但上頭在樹林此則神社也都勢[5]
野郡家正西一十里卅歩高一百一十丈周五里無
樹林嶺中在湒周五十歩蘿[6]藤萩葦[*]茅[a]土物叢
生或叢峙或伏[7]水鴛鴦住也今山郡家正西一十里
卅歩周七里[b]諸山野所在草木白朮独活女青苦参
貝[c]母牡丹連翹伏苓[8]藍漆女委細辛蜀椒暑預白歛

1女＝安(細・倉)。
2郡＝ナシ(日)。
3園＝圍(細・倉)。
4旡＝無(細)。
5勢＝藝(細・倉)。
6蘿＝四涯(細・倉)。
＊葦＝「葦」の変容した字形か。
a茅＝**蓬**の字形、変容形の「茅」。
7伏＝仗(細)。
b里諸＝**蓬**、両字間に墨点と押紙あり。墨点は押紙の下。
c貝＝**蓬**に一部虫損あり。
8苓＝令(細・日)。「令」は「苓」の省文。その上の「伏」も「茯」の省文。

芍藥、百部根、薇蕨、薺頭蒿、藤李、赤桐、白桐、椎、椿、楠、
松栢槻、禽獸則有鵰晨風、山鷄鳩鶉猪鹿、兎飛鼯、
狐獼猴

川

佐太河源二（東水佑嶋根郡所謂多久川是、西水源出秋鹿郡渡村）二水合南流入佐太
水海、即水海周七里（有鮒）水海通入海、潮長一百五十
歩、廣、一十歩、山田川原出郡家西北七里湯火、南流入
ゝ海、多太川源出郡家正西一十里女心、高野
南流入ゝ海、大野川源、出郡家正西一十三里磐門山

芍薬[1]百部根薇蕨薺頭蒿藤李赤桐白桐椎椿楠
松栢槻禽獣則有鵰[2]晨風山鶏鳩鴩猪鹿兎飛鼺
狐獮猴
＊位太河源二（東水佐嶋根郡所謂多久川是兩[3]水源出秋鹿郡渡村）二水合南流入佐[a]大[4]
水海即水海周七里（有鮒）水海通入海潮長一百五十
歩廣一十歩山田川原出郡家西北七里湯火[5]南流入
ゝ海多太川源出郡家正西一十里女[6]心高野
南流入ゝ海大野川源出郡家正西一十三里磐門山

---

1 薬＝箬(細・倉)。
2 晨＝「晨」の下に重点「ゝ」あり(細・倉)。
＊頭書＝後時書込標目「川」(細・倉・**蓬**・日)。
3 兩＝西(細)。
a 佐＝**蓬**の字の不審は、透き写し時の滲みによる。細い文字が蓬左文庫本の字。太い行書体は後時の滲みによる。
4 大＝太(細・倉)。
5 火＝大(日)。火山(細)。
6 女＝安(細・倉)。

南流入〻海草野川源出郡家正西一十四里大継
山南流入〻海伊農川源出郡家正西一十六里伊農
山南流入〻海 以上七川並無魚

池

攸恵曇字参陂周六里有鴛鴦鳧鴨鮒四邊生葦
蔣菅自養老元年以往荷蕖自然叢生太多二
年以降自然至失都無茎俗人云其底陶器甕瓱
等類多有也自古時〻人溺死不知深淺矣
深田池周二百卅歩 有鴛鴦鳧鴨 杜石池周一里二百歩

南流入〻海草野川源出郡家正西一十四里大継
山南流入〻海伊農川源出郡家正西一十六里伊農
山南流入〻海 以上七川 並[1]無矣
[*]改恵曇字埿陂周六里有[2]鴛鴦鳧鴨鮒四邊生葦[a]
蒋菅自養老[3]元年以徃荷蕖自然叢生太多二
年[b]以降自然至[4]失都無莖[c]俗人云其底陶器瓺甎[d]
等類多有也[5]自古時〻人溺死不知深淺矣
深田池周[6]二百卅歩 有鴛鴦 鳧鴨 杜[e]石池周一里二百歩

1並＝「並」の下に重点「〻」あり(細)。
＊頭書＝後時書込標目「池」(細・倉・**蓬**・日)。
2有＝在(細・倉)。
a葦＝**蓬**に若干の虫損あり。
3老＝倉にはもう一字「老」があり、「老老」となり、下の「老」を見セ消チにする。
b年＝**蓬**、特徴ある字形であるが、用字上不審な所はない。
4至＝主(細・倉)。
c莖＝**蓬**の字は、「莖」の崩し字を楷形化した字形。
d甎＝**蓬**の「甎」の字は、偏旁置換字形の変容形。
5也＝ナシ(倉)。倉には後補の書き込み字あり。
6周＝「周」の下に「池」字あり(細・倉)。
e杜＝**蓬**に若干の虫損あり。

蜂埼池周一里佐久羅池周一里一百歩 有鴛鴦 南
入海春則在鯔魚須受枳鎮仁鰝鰕等大小雑魚
秋則有白鵠鴻鴈鳧鴨等鳥 北大海恵曇濱
廣二里一百八十歩 東南並在家 西野 北大海 即
自浦至于在家之間四方並無石木猶白沙之積
大風吹時其沙或随風雪零或居流蟻散掩覆桑
麻 即有彫鑿磐壁二所 一所厚三丈廣一丈 高八尺一所厚二丈
二尺廣一丈 其中通川北流入大海 川東嶋根郡也 郡内根部也 自川
高一丈

蜂[a]峙池周一里佐久羅池周[b]一里一百歩（有鴛鴦[c]）南
入海春則在鯔魚須受枳鎮仁鯖鰕等大小雜魚
秋則有白鵠[1]鴻鴈鳧鴨等[2]嶋北大海恵曇濵
度二里一百八十歩東南並在家西野北[3]大海即
自[4]補至于在家之間四方並無石木猶白沙之積
大風吹時其沙或隨風雪零或居流蟻散掩覆桒＊
麻即有彫鑿磐壁二所（一所原三丈廣一丈高八尺一所原二丈 ＊ 二尺廣一丈高一丈）其中通川北流入大海（川東嶋根郡也郡内根部也）自川

---

a 蜂＝蓬に一部虫損あり。
b 周＝蓬は「池」字を書きかけ、水消しして「周」とする。
c 有＝蓬に一部虫損あり。
1 鴻＝鵠(細・倉)。
2 嶋＝鴉(細・倉)。細は下に半字分の空格あり。
3 大海＝海大(細)。細は「海」の右下に返点あり。
4 補＝浦(細)。倉は「補」らしき字を書き、「浦」と書きなおす。
＊桒＝「桑」の異体字。
＊空格＝細・倉はこの空きスペースが無く、「原二丈」までの割注が行末まで到達する。

口至南方田邊之間長一百八十歩廣一丈五尺源者
田水也上文所謂佐太川西源是同処矣凡渡村田水
南小別耳古老傳云嶋根郡大領社部臣訓
麻呂之祖波蘇等依稲田之澇所彫堀也起浦之
西礒盡楯縫郡堺自毛埼之間濱壁等崔嵬雖
風静往来船無由停泊頭矣白嶋生紫苔菜御嶋高
六丈周八十歩有松三株都於嶋礒着穂嶋生海藻凡小海
所在雜物鮐沙魚佐波烏賊蜛蝫鮑魚螺蛤貝蚌田贏

口至南方田邊[1]之間長一百八十歩廣一丈五尺源者
田水也上文所謂佐太川西源是同処[2]矣凡渡村田水
南北別耳古老傳云嶋根郡大領社部臣訓
麻呂之祖波蘓等依稲田之澇所彫堀也起浦之
西礒盡楯縫郡堺自毛崎之間濵壁等崔[3]嵬雖[a]
風ゝ静往来船無由停泊頭矣白嶋（生紫苦[4]菜）御嶋高
六丈周八十歩（有松三株）都於嶋（礒）著穂嶋（生海藻）凡北海
所在雜物鮎[5]沙魚佐波烏賊鰒魚螺貽貝蚌[6]田鸁

---

1 邊＝辺(細・倉)。
2 処＝處(日)。→⑴
3 崔＝⿱山非(細・倉)。
a 雖＝蓬・日の字は偏「隹」を略した省文(「口」は「ム」に変容)。日は後時に別筆で「隹」を加筆。→08
4 苦＝苔(細)。
5 鮎＝鮐(細・倉)。
6 蚌＝蛺(細・倉)。

螺子石蓴駭子海藻松紫菜凝海菜通道
通嶋根郡堺佐太橋八里二百歩通楯縫郡堺
伊農橋一十五里　歩

郡司主帳外從八位下勲業早部臣
大領外正八位下勲業刑部臣
權任少領從八位下蝮部臣

[a]螺子石葦驜[*]子海藻松紫菜凝海菜[b]通道

通嶋根郡堺佐太橋八里二百歩通楯縫郡堺

伊農橋一十五里□[1]歩

郡司主帳外従八位下勲業早部臣

大領外正八位下[2]勲業刑部臣

権任少領従八位下蝮部臣

---

a螺＝蓬に一部虫損あり。

＊驜＝写本用字の旁は「厭」の草字形。

b菜＝蓬に若干の虫損あり。

1□＝細・倉・蓬・日、いずれも欠字。親本の虫損に由来すると見られる。

2下＝ナシ(倉)。倉は前行及び後行の「下」字も或いは後時の字間への加筆か。

＊二十八丁裏＝当頁は、細・倉・蓬・日、いずれも空白。当丁表も六行目で終り、七行目・八行目は空白。他郡ではこうした空白が無く、追い込む形で続けられる。この空白部について、田中卓氏は当風土記はもと上下二巻の巻子本であり、上巻は秋鹿郡まで、下巻は楯縫郡からと指摘する（「細川家本出雲国風土記の出現」田中卓著作集8『出雲国風土記の研究』）。分量的に両巻はほぼ均衡する（上巻対下巻の分量は、文字比率で八対九、丁数比率で八対一〇）。よってこの推測は可能性のある推定であると言える。

楯縫郡

合郷肆 里一十二 餘戸壹 神戸壹

佐香郷 今依前用

楯縫郷 今依前用

玖潭郷 本字忽美

沼田郷 本字努多 以上肆郷別里参

神戸里

所以号楯縫者神魂命詔五十足天日栖宮之

楯[a]縫郡

合郷[1]肆　里一十二　餘戸壹神戸壹

佐香郷　今依前用

楯縫郷　今依前用

玖潭郷　本[2]字忽美

沼田郷　本[3]字努多以上肆郷別里参[4]

＊神戸里

所以号楯縫者神魂命詔五[5]十足天日栖宮之

---

a楯＝蓬に一部虫損あり。

1郷＝卿(細・倉)。2オ参照。以下、一々注記しない。

2 3本＝夲(細・倉)。「夲」と「本」は通字で、「夲」が上代の常用字。

4参＝叅(細・倉)。

＊神戸里＝「神戸里」の前行に「餘戸里」が存在するはずであることが当丁オ2(＝表二行目)の「餘戸壹神戸壹」によって明らかとなる。ところが30ウ2の「神戸里」条の前に「餘戸里〔説名如意宇郡〕」等という記事が細・倉・蓬・日に存在しない。当丁オ2の「餘戸壹」が誤認記述でないことは2オ5の楯縫郡条「餘戸壹神戸壹」で確認出来、また2オ1の「餘戸肆」という計数でも確かめられる。「餘戸里」条(当丁オ・30ウ)の脱落になる。この脱落について加藤義成氏『校本出雲國風土記　全』の再脱落本等の条に言及が無い。加藤義成氏『修訂出雲国風土記参究』にも言及が無い。

5五＝吾(細・倉)。

蹤横々御量千尋拷紲持与百八十結々下与此天御
量持与所造天下大神之宮造奉請与御子天御
鳥命楯部為与天下給之尓時退下来坐与大神
宮御装楯造始給所是也仍至今楯桙造而奉
出皇神等故云楯縫

佐香郷郡家正東四里一百六十歩佐香河内百八十
神等集坐御厨立給与今釀酒給之即百八十日喜
燕解散坐故云佐香

蹤横御茎[*]千尋栲[1]紲持与百八十結ゝ下与此天御
量持与所造天下大神之宮造奉請与御子天御
鳥[2]命[a]楯郡為与天下給之尓時退下来坐与大神
宮御装楯造始給所是也仍至[3]今楯桙造而奉[b]
出皇神等[*]故云楯縫
佐香郷郡[4]家正東西里一百六十歩佐香河内百八十
神等集坐御厨立給与今醸酒給之即百八十日喜
燕[c]解[5]散坐故云佐香

＊茎＝各写本の字形は「茎」（茎）の草書崩しを楷形化し、草冠に「一＋口＋土」とする。本来「量」とあるべき箇所で、草書形は近似し、ここは「量」の草書の誤認によるもの。

1栲＝ナシ(倉)。当時の常用字形は異体字「栲」。ただし、細・蓬・日では旁が「考」になっている。これは誤写字形。

2鳥＝鳥(細)。

a命＝蓬に薄墨による若干の汚れあり。

3至＝主(細・倉)。

b奉＝蓬に一部虫損あり。

＊等＝写本の用字は「等」の異体字(省文)。

4郡＝都(細)。

c燕＝蓬に一部虫損あり。

5解＝翁(倉)。

楯縫郷屬郡家 説名如郡 即北海濱業梨磯在窟
裏方一丈半高廣各七尺裏南壁在穴口周六尺徑
二尺人不得入不知遠近
玖潭郷郡家正西五里二百歩所造天下大神命天
御飯田之御倉將造給並不見巡行給尓時波夜
佐雨久多美乃山詔給之故云忽美 神亀三年改字玖潭
沼田郷郡家正西八里六十歩宇乃治比古命以尓多
水而御乾飯尓多尓食坐詔而尓多負給之然則

楯[a]縫郷即属[1]郡家（説名如郡）即北海濱業梨礒在窟

裏[2]方一丈半高[3]廣各七尺裏[4]南壁在穴口周六尺徑[5]

二尺人不得入不知遠近

玖潭郷郡家正西五里二百歩所造天下大神命天

御飯田之御倉將造給並[6]不見巡行給尓時波夜[b]

佐雨久多美乃山詔[7]給之故云忽美（神亀三年改字玖潭）

沼[8]田郷郡家正西八里六十歩宇乃治比古命以尓多

水而御乾飯尓多尓食坐詔而尓多負給之然則

---

a楯＝蓬に一部虫損あり。

1属＝厲(倉)。但し、倉の「广」は「厂」。細も「厂」であるが、旁は「禹」。

2裏＝哀(細)。「裏」と「哀」は通用される側面がある(例「内哀」など)。

3高＝「高」の上に「戸」字あり(細・倉)。

4裏＝哀(細・倉)。

5徑＝住(細・倉)。

6並＝林(細・倉)。

b夜＝蓬に若干の虫損あり。

7詔＝謚(細・倉)。

8沼＝治(細・倉)。

可謂尓多郷与今人猶云努多耳 神亀二年改字沼田

寺

神戸里 出雲也説名如意宇郡

新造院一所在沼田郷中建立嚴堂也郡家正西六

里一百六十歩大領出雲臣大田之所造也

社

久多美社 多久社 佐加社 乃利斯社 御津社

水社 宇美社 許定社 同社 以上九所並在神祇官

許豆乃社 又許豆社 又許豆社 久多美社 同久多美社

高守社 又高守社 紫菜嶋社 鞆前社 宿努社

可謂尒多郷与今人猶[1]云努多耳（神亀二年改字沼[2]田）

＊神戸里（出雲也説名如意宇[3]郡）

1＊

新造院一所在沼田郷中建立嚴堂也郡家正西六里一百六十歩大領出雲臣大田之所造也

2＊

久多美社　多久社　佐加社　乃利斯社　御津社

水　社　宇美社　許定社　同　社（以上九所並在神祇官）

許豆乃社　又許豆社　又許豆社　久多美社　同久多美社

[a]高守社　又高守社　紫菜嶋社　鞆前社　宿努社

1猶＝下に「故」字あり(細・倉)。

2沼＝治(細・倉)。

＊神戸里＝「神戸里」の前行に「餘戸里」条が存在するはず。29オの「＊神戸里」の脚注参照。

3宇＝字(細・倉)。

＊頭書1＝後時書込標目「寺」(細・倉・**蓬**・日)。

＊頭書2＝後時書込標目「社」(細・倉・**蓬**・日)。

a高＝**蓬**に一部虫損あり。

猗田社　山口社　葦原社　又葦原社　田田社

峴之社　阿年知社　葦原社　田々社　以上一十九所不在神祇官

山

神名樋山　郡家東北六里一百六十歩高一百廿丈五尺

周廿一里一百八十歩　嵬西在石神高一丈周一丈往

側在小石神百餘許　古老傳云阿遅須枳高日子命

之后天御梶日女命來坐多忠村產給多伎都比古

命尓時教詔汝命之御祖之向位欲生此處宜也

所謂石神者即是多伎都比古命之御俛當旱

猗田社　山口社　葦原社　又葦原社　田田社[a]

峴之社　阿年知社　葦原社　田ゝ社　以上一十九所不在神祇官

[*]神名樋山郡家東北六里一百六十歩高一百卄丈五尺

周卄一里一百八十歩嵬*西在石神高一丈周一丈徃

側在小石神百餘許古老傳云阿遅須枳[b]高日子命

之后天御梶日女命来坐多忠村産給多伎都比古

命尒時教詔汝命之御祖*之向位欲生此處冝也

所謂石神者即是多伎都比古今[c]之御侘[1]當畢

---

a田＝蓬に一部虫損あり。

＊頭書＝後時書込標目「山」(細・倉・蓬・日)。

＊嵬＝「嵬」は日による。細・倉・蓬は、「山+日+心」の字形。本来は「嵬」字。

b枳＝蓬の「枳」字の下(「高」字の上)に紙漉屑による汚れあり。

＊祖＝「祖」字の旁「且」は蓬・日共に「旦」。衣偏の「袒」とコンタミネーション(混交現象)を起こしている。

c今＝蓬・日の「今」は修訂され「命」となっている。写本の原姿は「今」(細・倉も「今」)。→㊽の次に加筆の「追記」参照。

1侘＝詫(細)。

已而時以今零也阿豆麻夜山郡家正北五里卅歩
見椋山郡家西北七里凡諸山所在草木蜀椒漆
麦門冬伏苓細辛白歛杜仲人参升麻薯蕷白
朮藤李榧楡椎赤桐白桐海榴楠松槻禽獣
則有鵰晨風鳩山鷄猪鹿兎狐獼猴飛鼯
佐香河源出郡家東北所謂神名樋山東南流入
入海多久川源出同神名樋山西南流入々海都字
川源二 東川源出阿豆麻夜山 西水源出見椋山 二水合南流入々海宇加川

已雨時必今零也阿豆麻夜山郡家正北五里卌歩

見椋山郡家西北七里凡諸山所在草木蜀椒漆[1]

麦門冬伏苓[2]細辛白歛[3]杜仲人参升麻薯[4]蕷白

朮藤李榧楡椎赤桐白桐海榴[5]楠松槻禽獣

則[a]有鵰晨[6]風[7]鳩山鶏[8]猪鹿兎猴[9]獼猴飛鼯

＊佐香河源出郡家東北所謂神名樋山東南流入

入海多久川源出同[b]神名樋山西南流入ヒ海都字[c]

川源二（東川源出阿[10]豆麻夜山　西水源出見椋山）二水合南流入ヒ海宇加川

1漆＝柒(細・倉)。「柒」は「漆」の異体字。

2苓＝令(細・倉)。「令」は「苓」の省文。

3歛＝斂(細・倉)。

4薯＝署(細・倉)。「署蕷」は「薯蕷」の省文。その「署」は通例「暑」で筆記。蓬と日のこの箇所の用字形は「艸冠＋暑」の字形。

5榴＝蓬・日の用字状況→52
a則＝蓬に一部虫損あり。

6晨＝農(細・倉)。

7風＝爪(倉)。

8鶏＝雞(細・倉)。

9猴＝狐(日)。日は一旦「猴」と書き、水消しして「狐」字に。同時に蓬に「狐」と傍書。→⑭
＊頭書＝後時書込標目「川」(細・倉)。
b同＝蓬の文字の右肩に汚れあり。

c字＝蓬の文字の右に薄墨による汚れあり。

10阿＝河(細)。

池

源出

同見椋山南流入々海麻奈加比地周一里一十歩

大東池周一里亦市周一里二百歩沼田池周一里五十歩長田地周一里一百歩

南入海雑物等者如秋鹿郡説

北大海自毛埼 康与楯縫二郡堺崔嵬松栢叢時即有晨風之栖也 佐香濱廣五十歩己自都濱廣九十二歩御津嶋 生紫菜 御津濱廣卅八歩能呂志嶋 生紫菜 能呂志濱廣八歩鑪間

[*]
源出*
同見[1]椋[2]山南流入ヽ海麻奈加比[3]地[4]周一里一十歩
大東池周一里亦市周一里二百歩沼田池周一里五
十歩長田地[5]周一里[a]一百歩
南入海雜物等者如秋鹿郡説
北大海目[6]毛埼（鹿与楯縫二郡堺崔嵬松栢叢*時即有晨風之栖也）佐香濵廣五
十歩己自都濵廣九十二歩御津嶋（生紫菜）御津
濵廣卅八歩能呂志嶋（生紫菜）能呂志濵廣八歩鑪[b]間

＊出＝細・倉・**蓬**・日いずれも、「出」で改行。「麻奈加比池」から「池」の部になり、頭書標目「池」が「同」字の上に置かれていたため、当初行末の「源出」を結びと誤解した結果であろう。「出」は次行の「同見椋山」に続く。

＊頭書＝後時書込標目「池」（細・倉・**蓬**・日）。

1見＝迸(細)。

2椋＝棕(細・倉)。

3比＝北(細・倉・日)。

4 5地＝池(日)。日は「地」と書写した後に擦り消して「池」とする。→⑮・⑯

a里＝**蓬**の「里」字最終画に墨(異筆)による汚れあり。

6目＝自(倉)。

＊叢＝写本の用字(林+取)は「叢」の異体字。

b鑪＝**蓬**の文字の「金」偏が曖昧なのは、透き写し時の滲みに由来する。

濱廣一百歩於豆椎長一里二百歩廣一里周嵯峨上有松
菜芋許豆嶋生紫菜許豆濱廣一百歩出雲与楯縫二郡之堺
凡北海所在雜物如秋鹿郡說但紫菜者楯縫郡
尤優也
通道秋鹿郡堺伊農川八里二百六十四歩出雲郡
堺宇加川七里一百六十歩
郡司主帳无位物部臣

濵廣一百歩弥[a]豆推長里二百歩廣一里周嵯峨上有松
菜芋許豆嶋生紫菜許豆濵廣一百歩出雲与楯縫二郡之堺
凡北海所在雜物如秋鹿郡説但紫菜者楯縫郡
尤優也
通道秋鹿郡堺伊農川八里二百六十四歩出雲郡
堺宇[1]加川七里一百六十歩
郡[b]司主帳旡[2]位物部[3]臣

---

a 弥＝蓬の不審は透き写し時の文字の滲みによる。なお、偏の「方・弓」は、よく見られる「弓」の「方」への変容であり、「弥」の一字形と見てよい。

1 宇＝字(細・倉)。

b 郡＝蓬の文字の不審は透き写し時の墨の滲みによる。

2 旡＝元(細・倉)。なお、「旡」と「无」は通字。

3 部＝郡(細・倉)。蓬・日の当初の書写字は「郡」。蓬・日共に旁のみ水消しして「部」と修訂するが、両字の字形は異なり、異時別筆。蓬は文字修訂後に虫損。→53

大領外位七位下勲業出雲臣
小領外正六位下勲業高善史

出雲郡
合郷捌 里廿二 神戸壹 里
健郡郷 今依前用
漆沼郷 本字志司沼
河内郷 今依前用

大領外位[1]七位下勳業[2]出雲臣
小領外正六位下勳業[3]高善史

出雲郡
合郷[4]捌 里廿二 神戸壹 里
健郡郷 今依前用
漆[5]沼郷 本[6]字志司沼
河内郷 今依前用

---

1 位＝従(日)。日は「位」に重ね書きする形で「従」字に修訂。→⑰

2 3 業＝東(細・倉)。細・倉の「東」は草書形。蓬・日は、当初の字(「東」の草書形)を抹消し、「業」字に修訂。蓬・日の修訂字は同筆。→㊹・㊺

2 業＝蓬に若干の虫損あり。

4 郷＝卿(細・倉)。2オ参照。以下、一々注記しない。

5 漆＝柒(細・倉)。「柒」は「漆」の異体字。

6 本＝夲(細・倉)。「夲」と「本」は通字で、「夲」が上代の常用字。

出雲郷　　今依前用

杵築郷　　本字寸付

伊努郷　　本字伊農

美談郷　　本字三太三以上漆郷別里参

宇賀郷　　今依前用　里弐

神戸郷　　里二

所以号出雲者説名如国也

健部郷郡家正東一十二里二百廿四歩先所以号宇

出雲郷　今依前用

杵築郷　本[1]字寸付

伊努郷　本[2]字伊農

美談[3]郷　本[4]字三太三以上漆[5]郷別里叄[6]

宇賀郷　今依前用　里貳

神戸郷　里二

所以号[7]出雲者説名如国[8]也

健[a]郡郷郡家正東一十二里二百廾四歩先所以号宇[9]

---

1 2 4本＝夲(細・倉)。「夲」と「本」は通字で、「夲」が上代の常用字。

3談＝柒(細・倉)。

5漆＝柒(細・倉)。「柒」は「漆」の異体字で「七」の大字。

6叄＝叅(細・倉)。用字「叄・叅」については、23ウの脚注参照。

7号＝方(細・倉)。

8国＝國(細・倉)。

a健＝**蓬**に若干の虫損あり。

9宇＝字(細・倉)。**蓬**に虫損あり。

夜星者宇夜都弁命其山峯天降坐之即彼神之
社主今猶坐此處故云宇夜星而後改所以号健
景行
郡之纒向檜代宮御宇天皇勅不忘朕御子倭健
命之御名健郡定給尓時神門臣古祢健郡定
給即健郡臣等自古至今猶居此處故
云健郡
漆治郷郡家正東二百七十歩神魂命御子天津
枳値可美高日子命御名又云鷹枕志都治値

夜里者宇夜都弁命其山峯天降坐之即彼[1]神之
社主今猶坐此處故云宇[2]夜里而後改所以号健
[*]郡之纒向檜代宮御宇天[*]皇勅不忘[3]朕御子倭健
命之御名健郡定給尓時神門臣古弥健郡定
給即健郡臣等自[4]古至今猶居此巡處故
云健郡
漆[5]治[a]郷郡家正東二百七十歩神魂命御子天津
枳値可美高日子命御名又云薦枕志都治値

---

1 彼＝被(細・倉)。
2 宇＝字(細)。
＊頭書＝後時書込注記「景行」(蓬・日)。
＊天＝細・倉には「天」字の上に、半字分の欠字の礼あり(7ウでは改行平出)。
3 忘＝忌(倉)。
4 自＝白(細・倉)。
5 漆＝柒(細・倉)。「柒」は「漆」の異体字。
a 治＝**蓬**は当初字「沼」の旁を水消しし「治」とする。

之此神郷中坐故云志叉治神亀三年字改漆治郷有正倉河
内郷郡家正南三百九十七歩斐伊大阿野郷中
小流故云河内郷即有優長一百七十丈五尺七十一丈
之廣七丈九十伍丈之廣四丈五丁出雲郷即屬郡家説名如国
拝築郷郡家西北廿八里六十歩八束水臣津野命
之国引給之後所造天下大神之宮將奉与諸皇
神等参集宮處拝築故云寸付神亀元年字改拝築
伊努郷郡家正北八里七十二歩国引坐意美

之此神郷中坐故云志刄治[a]（神亀三年字改漆[1]治）即有正倉河内郷郡家正南三百九十七歩斐伊大阿野郷中北流故云河内即有優長一百七十丈五尺（七十一丈之廣七丈九十伍丈之廣四丈五十[2]）出雲郷即属郡家（説名如国[3]）杵築郷郡家西北廾八里六十歩八束[4]水臣津野命之国[5]引給之後所造天下大神之宮將奉与諸皇神等叅集宮處杵築故云寸付（神亀元[6]年改字杵築）[b]伊努郷郡家正北八里七十二歩国[7]引坐意美[c]

---

a 治＝蓬は当初「沼」と書き、「沼」字の「刀」の部分を水消しして「ム」と修訂。

1 漆＝柒（細・倉）。「柒」は「漆」の異体字。

2 十＝尺（細・倉）。

3 国＝國（倉）。

4 東＝東（倉）。

5 国＝國（細・倉）。

6 元＝三（細・倉）。

b 伊＝蓬に若干の虫損あり。

7 国＝國（日）。

c 美＝蓬に一部虫損あり。

豆努命御子赤衾伊努意保須美比古佐倭
氣能命之社即坐郷中故云伊努〈神亀三年改字伊努〉
美談郷郡家正北九里二百四十歩所造天下
大神御子和加布都努志命天地初判之
後天御領田之長供奉坐之即彼神坐郷中
故云三太三〈神亀三年改字美談〉即有正倉宇賀郷郡
家正北一千〈十七〉七里二十五歩所造天下大神命
議坐神魂命御子綾門日女命尓時女神

豆努命御子赤衾伊努意保須美比古佐倭[1]
氣能命之祖[2]即坐郷中故云伊努（神亀三年改字伊努）
美談郷郡家正北九里二百四十歩所造天下
大神御子和加布都努志命天地初判之
後天御領田之長供奉坐之即彼神坐郷中
故云三太三（神亀三年改字美談）即有正倉宇賀郷郡
家正北一千[a]七里二十五歩造天下大神命
譲[3]坐神魂命御子綾門日女命尓時女神

1倭＝委(細・倉)。

2祖＝社(細・倉)。「祖」の字形は31オ「＊祖」参照。

a千＝「千」の右に傍書「十歟」あり。これは**蓬**の独自傍書で、日に受け継がれる。細・倉の傍書「十歟」は当初からのものでなく、後時の書き込み。→58オ「c隅」

3譲＝誹(細・倉)。

不肯逃隠之時大神伺求給所此財是郷故云宇
加郎小海濱有礒名脳礒高一丈許上生松芸至
礒邑人之朝夕如往来又木枝人之如攀引自礒
西方窟戸高廣各六尺許窟内在穴人不得
入不知深淺也夢至此礒窟之邊者必死故
俗人自古至今号黄泉之坂黄泉之穴
也神戸郷郡家西北二里一百廿歩出雲
也說名如
意宇郡

不背[1]逃隠之時大神伺求給所此財是郷故云宇加即北海濵有礒名脳礒高一丈許上坐松芸至礒里*人之朝夕如往来又木枝人之如攀引自礒西方窟戸高廣各六尺許窟内在穴人不得入不知深淺也夢*至此礒窟之邊者必死故俗人自古至今号圡黄泉之坂黄泉之穴也神戸郷郡家西北二里一百廾歩出雲也説名如意宇郡

1背＝肖（細・倉）。

＊里＝写本の用字形は「里」の草書形を楷形化した字形であり、**蓬**だけでなく、細・倉・日も同じ字形。

＊夢＝写本の用字形は「夢」の極端な草書形を楷形化した字形で、**蓬**だけでなく、細・倉・日も同じ字形。

寺
新造院一所有内郷中建立厳堂也郡家正南
三里一百歩旧大領置部臣布弥之所造今大領佐宜鹿之祖父

杵築大社　御魂社　御向社　出雲社
御魂社　伊努社　意保美社　曽致乃夜社
宇久社　審伎乃夜社　阿受伎社　美佐伎社
伊奈佐乃社　放太放社　阿我多社　伊波社
阿具社　都牟自社　久佐加社　故努婆社

1＊ 新[a]造院一所有内郷中建立嚴堂也郡家正南

三里一百歩旧大領置部臣布弥之所造今大領佐宜鹿之祖父＊

2＊ 杵築大社　御魂社　御向社　出雲社

御魂社　伊[b]努社　意保美社　曽致乃夜社

牟久社　審伎[1]乃夜社　阿[2]受伎[3]社　美佐伎社

伊奈佐乃社　放太放社　阿[4]我多社　伊波社

阿[5]具社　都牟目社　久佐加社　故努婆社

＊頭書1＝後時書込標目「寺」(細・倉・蓬・日)。

a新＝蓬に一部虫損あり。

＊祖＝31オの「＊祖」で、「祖」字の旁「且」は蓬・日共に「旦」。衣偏の「祖」とコンタミネーション(混交現象)を起こしていると記したが、当条以降は細・倉についても同じことが指摘できる。

＊頭書2＝後時書込標目「社」(細・倉)。

b伊＝蓬の「伊」字右に薄墨による若干の汚染あり。

1 3 伎＝侍(細)。倷(倉)。

2 4 5 阿＝河(細)。

阿受枳社
神代社
同社
企豆伎社
同社
同社
同社
伊努社

守加社
加立利社
同社
同社
同社
同社
同社
同社

同阿受枳社
来坂社
鳥屎社
同社
阿受枳社
同社
同社
同社

布世社
伊農社
御井社
同社
同社
同社
来坂社
放陁放社

阿受枳社　神代社　同社　尒[2]豆伎[3]社　同社　同社　同社　伊[a]努社

守加社　加立利社　同社　同社　同社　同社　同社　同社

同阿受枳社　来坂社　鳥[1]屎社　同社　阿受枳社　同社　同社　同社

布世社　伊農社　御井社　同社　同社　同社　来坂社　放陁放[b]社

1鳥＝鳥(細)。

2尒＝㐴(倉)。

3伎＝侍(細)。倷(倉)。

a伊＝蓬に一部虫損あり。

b放＝蓬に一部虫損あり。

縣社
斐提社
韓銍社
加佗伽社

伊目義社
波旀社
主虫社

已上五十八所并
在神祇官

御前社
同御埼社
支豆支社
阿受支社

同阿受支社
同社
同阿受支社
同阿受支社

同社
同社
同社
同社

同社
同社
同社
同社

同社
同社
同社
同社

同社
同社
同社
同社

縣[a]社　斐提社　韓銍社　加佐伽社

伊目[1]美社　波弥社　立虿[*]社　已上五十八所并在神祇官

御前社　同[2]御埼社　支豆支社　阿受支社

同阿受支社　同社　同受支社　同阿受支社

同社　同社　同社　同社

同社　同社　同社　同社

同社　同社　同社　同社

同社　同社　同社　同社

---

a 縣＝**蓬**に一部虫損あり。

1 目＝自(倉)。

＊虿＝「虫」の異体字。→㊷

2 同＝目(細・倉)。

同社
同社
同社
同社

同社
同社
同社
同努社

同伊努社
同社
縣社
旀陁旀社

同旀陁旀社
同社
同社
同社

同社
同社
同社
同社

同社
同社
伊尒波
都弁目社

同社
旀努波社
山邊社
同社

同社
間野社
布西社
波如社

同社
同社
同伊努社
同弥陁弥社
同社
同社
同社
同社

同社
同社
同社
同社
同社
同社
弥努波社
間野社

同社
同社
縣社
同社
同社
伊尒波[1]
山邊[3]社
布西社[a]

同社
同努社
弥陁弥社
同社
同社
都弁目[2]社
同社
波如社

1波＝「波」の下に「社」あり(細・倉)。
2目＝蓬の第二画における不審な箇所は透き写し痕と見られる。目は当初「目」と書写するが、後に別筆で「ノ」を加筆し「自」とする。→⑱
3邊＝辺(細・倉)。
a社＝蓬に一部虫損あり。

佐支多社　支比佐社　神代社　同社
百枝槐社　已上六十四所并不在神祇官
山
神名火山　郡家東南三里一百五十歩高一百七十
五丈周一十五里六十歩曽支能夜社坐伎比佐加美
高日子命社即在此山嶺故云神名火山　出雲御
埼山　郡家正北七里三百六十歩高三百六十
丈周九十六里一百六十五歩　西下所謂所造
天下大神之社坐也諸山野所在草木卑解百

佐[a]支多社　支比佐社　神代社　同社
百枝槐社　已上六十四所并不在[1]神祇官
[*]神名火山郡家東南三里一百五十歩高一百七十
五丈周一十五里六十歩曽支能夜社坐伎比佐加美
高日子命社即在此山嚴故云神名火山出雲御
崎山郡家正北七里三百六十歩高三百六十
丈周九十六里一百六十五歩西下所謂所造
天下大神之社坐也諸山野所在草木卑解百

---

a 佐＝**蓬**の「佐」字人偏に見られる黒点は虫損による穴(マイクロフィルム版ではこの黒点が出る)。

1 不＝石(細・倉)。**蓬**・日は「石」を書いた後に水消しして「不」とする。↓㊾

＊頭書＝後時書込標目「山」(細・倉・**蓬**・日)。

部根女委夜干商陸独活葛根薇藤李蜀
梂楡赤桐白桐椎椿松栢禽獣則有晨風
鳩山鶏鵲鶫猪鹿狼兎狐獼猴飛鼺也

川

出雲大川源自伯耆与出雲二国堺鳥上山流出
仁多郡横田村即経横田三処三澤布勢等四郷
出大原郡堺引沼村即経来次斐伊屋代神原
等四郷出雲郡堺多義村経河内出雲二郷北流
更折西流即経伊努杵築二郷入神門水海此

[1]部根女委夜[2]于[3]商陸独活葛根薇[4]藤李蜀
椒楡赤桐白[5]桐椎椿松栢禽獣則有晨風
鳩山[6]鶏鴗鶫猪鹿狼[7]兎狐＊獼＊猴飛鼠也

＊

出雲大川源自伯耆[8]与出雲二[9]国堺鳥上山流出
仁多郡横田村即経横田三処三＊淂布勢[a]等四[b]郷
出大原郡堺引沼村即経来以斐伊屋代神原
等四郷出雲郡堺多義村経河内出雲二郷北流
更[10]析西流即経伊努杵築二郷入神門水海[c]此

---

1 部＝郡(細・倉)。
2 于＝千(細・倉)。干(日)。
3 商＝高(細・倉)。蓬・日の字形は「商」の異体字。
4 藤＝莪(細・倉)。
5 桐＝梱(細・倉)。
6 鶏＝雞(細・倉)。
7 兎＝菟(細・倉)。「兎」と「兔」は同字で、植物の「菟」は「兔」に通じ用いられる。
＊獼＝細・倉の字形は「獼」の草体からの変容形と見られる。
＊猴＝倉の字形は「猴」の草書形。細の字形は極端な草書を楷形化した字。
＊頭書＝後時書込標目「川」(細・倉・蓬・日)。
8 与＝輿(細)。
9 国＝國(細・倉)。
＊淂＝写本の字形は「澤」の草書形を楷形化した字(細・倉・蓬・日)。
a 等＝蓬の字形は「等」の異体字(省文)。
b 郷＝蓬の文字左旁は当初「乡」を小さく筆記し、水消しして同筆で大きく重ね書きしたもの。
10 析＝折(細・倉)。
c 此＝蓬に虫損あり。

則所謂斐伊河下也河之西邊或土地豊渡土穀
桑麻稔歛枝百姓之膏腴薗或土體豊渡草木
叢生也則有年魚鮭麻須伊具比魴鱧等之類
潭湍雙泳自河口至河上横田村之間五郡百姓
使河而居 出雲社門飯在 仁多大原郡
起孟春至季春校村木舩沿訴河中也意保美
小河源出雲郷嶋山北流入大海 有年魚少々
池江
土負池周二百卌步須々比池周二百五十步西門江

[a]則所謂斐伊河[1]下也河[2]之西[3]邊[4]或土地豊[5]渡土穀[b]

[*]桒[c]麻稔欸[6]枝百姓之膏腴薗或土體[7]豊渡[8]草木

叢生也則有年魚鮭麻須伊具比魴鱧等之類

潭端雙泳自河[9]口至河上横田村之間五郡百姓

[10]使河而居（出雲社門飯在 仁多大原郡[11]）

起孟春至季春挍村木船治訴河中也意保美

小河源出雲御崎山北流入大海（有年魚 少ゝ[12]）

[*]

土負池周二百卌歩須ゝ比池周二百五十歩西[13]門江

---

a 則＝蓬に若干の虫損あり。
1 2 9 河＝阿(細)。
3 13 西＝両(細)。両(倉)。
4 邊＝辺(細・倉)。
5 豊＝農(細・倉)。
b 穀＝蓬に若干の虫損あり。
＊ 桒＝「桑」の異体字。
c 麻＝蓬に若干の虫損あり。
6 欸＝頴(細)。ただし、細や蓬・倉・日の用字の「ヒ」の箇所はいずれも「止」。
7 體＝體(細・倉)。
8 豊渡＝酒滓(細・倉)。
10 使＝便(日)。→⑲
11 郡＝郊(細)。
12 少ゝ＝尤少也(倉)。
＊ 頭書＝後時書込標目「池江」(細・倉・蓬・日)。

周三里一百五十八歩東流入〻海有鮒大方江周二百
卅四歩東流入〻海有鮒二江源者並田水所集矣東
入海三方並平原遼遠多有山鶏鳩鳧鴨鴛鴦
等之族也
東入海所在雜物如秋鹿説也
北大海宮松埼有楯縫与出雲郡堺意保美濱廣二里一
百卅歩氣多嶋生紫菜海松有蚫螺蕀甲蠃井呑濱廣卅二歩
宇大保濱廣卅五歩大前嶋高一丈周一丈周二

周三里一百五十八歩東流入ゝ海有鮒大方江周二百
卌四歩東流入ゝ海有鮒二江源者並田水所集矣東
入海三方並平[1]原遼遠多有山[2]鶏鳩鳧鴨鴛鴦
芳之俟[3]也
東入海所在雜物如秋鹿説也
北大海宮松埼有楯[4]縫与出雲郡堺意保美濵廣二里一
百廾歩[5]氣多嶋生紫菜海松有鮑堺蕀[＊]甲羸井呑濵廣卌二歩
[a]辛大保濵廣卌五歩大前嶋高一丈周一丈周二[b]

1平＝乎(細・倉)。
2山＝ナシ(細・倉)。
3俟＝日は一旦「俟」と書写するも、別筆による増画で「族」と修訂する。→⑳
4楯＝ナシ(細・倉)。
5歩＝失(細・倉)。
＊蕀＝各写本の用字形は、「蕀」の草体を楷形化したもので、艸冠の下が「禾＋朱」となる。
a辛＝蓬に一部虫損あり。
b周二＝蓬に虫損あり。

百五十歩（生海　藻）脳嶋（生紫菜海藻　有松藤栢）鷺濱廣二百歩
星嶋（生紫　藻）手結濱廣廾歩尒比埼長一里卅歩廣
廾歩崎之南本東西通戸船猶往来上則松叢生也
宇礼保浦廣七十八歩（船廾許　可泊）山崎高卅九丈周一
里二百五十歩（有椎摸　椿松）子負嶋礒大椅濱廣一百
五十歩御前濱廣一百廾歩（有百姓　家）御厳嶋（生海　藻）御
厨家嶋高四丈周廾歩（有　松）等〻嶋（有鬚　石花）怪聞埼長三
十歩高三十二歩（有　松）意能保濱廣一十八歩栗嶋（生海　藻）

百五十歩生海*藻　脳嶋生紫菜海藻*有松藻栢　鷺濱廣二百歩
里嶋生紫藻　手結濱廣廾歩尓比埼長一里卌歩廣
廾歩崎之南本[1]東西通戸舩猶[2]徃[3]来上則松叢生也
宇礼保浦廣七十八歩舩廾許可泊　山崎高卅九丈周一
里二百五十歩有椎模[4]椿松　子負嶋礒大椅濱廣一百
五十歩御前濱廣一百廾歩有百姓家　御厳嶋生海藻　御
厨家嶋高四丈周廾歩有松　等ゝ嶋有鬚[5]石花　*径聞埼長三
十歩[6]高[7]三十二歩有松　意能保濱廣一十八歩栗嶋生海藻

*藻＝細は艸冠を略した省文の字形。
1本＝夲(細・倉)。「夲」と「本」は通字。
2猶＝猶(細)。
3徃＝姓(細・倉)。
4模＝換(細・倉)。
5鬚＝貿(細・倉)。
*径＝各写本の用字「怪」は「径」の草体を楷形化した字形。
6歩＝失(細・倉)。
7高＝廣(細)。

星鳴（生海藻）這田濱廣、一百歩二俣濱廣、九十八歩門
石鳴高五丈周四十二歩（有鷲之栖）蘭長三里一百歩廣、
一里二百歩松蘩、多叓郎自神門水海通大海潮
長叄里廣、一百二十歩此則出雲与神門二郡堺
也凡此海所在雜物如楯縫郡説但鮑出雲郡尤
優所捕者所謂御埼海子是也
通道通意宇郡堺佐雜村一十三里六十四歩神門
郡堺出雲大河邊二里六十歩通大原郡堺多義、村

里嶋生海藻這田濱廣一百歩二俣濱廣九十八歩門
石嶋高五丈周四十二歩有鷲之栖薗長三里一百歩廣
一里二百歩松繁多矣即自神門水海通大海潮
長叁[1]里廣一百二十歩此則出雲与神門二郡堺
也凡此海所在雜物如楯縫郡説但鮑出雲郡尤
優所捕者所謂御埼海子是也
通道通意宇郡堺佐雜村一十三里六十四歩神門
郡[a]堺出雲大河邊[2]二里六十歩通大原郡堺多義村[b]

1 叁＝三(細)。
a 郡＝蓬に一部虫損あり。
2 邊＝辺(細・倉)。
b 義村＝蓬に虫損あり。

一十五里廿八歩通楯縫郡堺宇加川一十四里二
百廿歩
郡司主帳无位若倭部臣
大領外正八位下置部臣
少領外從八位下大臣
主政外大初位下部臣
神門郡
合郷捌 里廿二
餘戸壹驛貳神壹

一十五里卅八歩通楯縫郡堺宇加川一十四里二
百[a]卅歩[1]

郡司主帳旡[2]位若倭部臣
大領外正八位下置部臣
少領外従八位下大臣
主政外大初位下部臣

神門郡

合郷[3]捌（里廿二）　餘戸壹驛貳神壹

---

a 百＝蓬の第五画が明確でないのは、小筆による筆録で、線が細いことによる。

1 歩＝失（細・倉）。

2 旡＝无（細・倉）。「旡」と「无」は通字。

3 郷＝卿（細・倉）。2オ参照。以下、一々注記しない。

朝山郷　今依前用　里弐

置郷　今依前用　里参

塩冶郷　本字止屋　里参

八野郷　今依前用　里参

高峯宍郷　今字高峯　里参

古志郷　今依前用　里参

滑狭郷　今依前用　里弐

多伎郷　本字多吉　里参

朝山郷　今依前用　里貳[1]

置郷　今依前用　里参

塩冶郷　本字止屋[2]　里参

八野郷　今依前用　里参

高峯郷[3]　今字高峯　里参

古志郷　今依前用　里参

滑狹郷[4]　今依前用　里貳[5]

多伎郷　本字多吉[6]　里参

---

1 5 貳＝弍(細・倉)。

2 本＝夲(細・倉)。「夲」と「本」は通字。

3 峯＝岸(日)。日においては校訂書写する際に、その校訂の筆が**蓬**に及び、**蓬**の右傍書に「岸」がある。→54

4 狹＝狭(細・倉)。

6 本＝夲(細)。

餘戸里
挾結驛　本字最邑
多伎驛　本字多吉
神戸里
所以号神門者神門臣伊加曽然之時神門貢
之故云神門即神門臣等自古至今常居此処故云
神門朝山郷郡家東南五里五十六歩神魂命御
子真玉着玉之邑日女命坐之尓時所造天下大神

餘戸里

狹結驛　本字最邑[a]

多伎驛　本字多吉

神戸里

所以号[1]神門者神門臣伊加曽然之時神門負之故云神門即神門臣等自古至今[2]常居此処[3]故云

神門朝山郷郡家東南五里五十六歩神魂命御子真玉[b]着玉之邑日女命坐之尒時所造天下大神

a邑＝この「邑」字は「色」に極めて近い字形。上部の「口」を簡略に「ソ」とするところから、「色」字に見える(細・倉)。蓬も同様の「色」に近い字形を書いた後に、上部の「ソ」に「口」を重ね書きする。その修訂の筆は同筆。↓㊻

1号＝芳(細・倉)。

2今＝ナシ(細・倉)。

3処＝處(日)。↓01

b玉＝蓬に一部虫損あり。

大穴持命娶給而毎朝通坐故云朝山

置郷　郡家正東四里　志紀嶋宮御宇天皇之御世

置伴部等所遣来宿停而為政之所故云置郷

塩冶郷　郡家東北六里　阿遅須枳高日子命御子

塩冶毗古能命坐之故云止屋　神亀三年改字塩冶

八野郷　郡家正北三里二百一十歩　須佐能袁命御

子八野若日女命坐之尓時所造天下大神大穴持

命将娶給為而命造屋給故云八野

大穴持命娶給[1]而毎朝通坐故云朝山
置郷郡家正東四里志紀嶋宮御宇天[*]皇之御世
置伴部等所遣来宿停而為政之所故云置郷[2]
塩冶郷郡家東北六里阿遅須枳高日子命御子
塩冶毗古能命坐之故云止屋（神亀三年改字塩冶）
八野郷郡家[a]正北三里二百一千[3]歩須佐能表命御
子八野若日女[4]命坐[b]之尒時所造天下大神大穴持
命将娶給為而命造屋給故[c]云八野

---

1 給＝結(細・倉)。
＊天＝細・倉には「天」字の上に、一字分の欠字の礼あり(7ウでは改行平出)。
2 郷＝ナシ(細・倉)。細・倉には一字分の空格あり。
a 家＝蓬に一部虫損あり。
3 千＝細・倉は下に「五」があり、「千五」とする。日は「千」と書いた後に刀子で「千」の第一画を削り、「十」と修訂。→㉑
4 日女＝旻(細・倉)。
b 坐＝蓬の「坐」の右上に紙漉屑あり。
c 故＝蓬に一部虫損あり。

高岸郷郡家東北二里所造天下大神御子阿遅
須枳高日子命甚晝夜哭坐仍其処高屋造可
坐之即建高椅可登降養奉故云高岸神亀三年改字高峯
古志郷即属郡家伊弉弥命之時以日淵川築
造池之尓時古志国等到来而為堤即宿居之
所故云古志也
滑狭郷郡家南西八里須佐能袁命御子和加
須世理比売命坐之尓時所造天下大神命娶

高岸郷郡家東北二里所造天下大神御子阿遅[a]須枳高日子命甚書一[1]夜哭坐仍其処[2]高屋造可[3]坐之即建高椅可[4]登降養[5]奉故云高岸（神亀三年改字高峯）

古[6]志郷即属郡家伊弉[7]弥命之時以日渕川築造池之尓時古志国[8]等到来而為堤[9]即宿居之所故云古志也

滑狭郷郡家南西八里須佐能表命御子和加須世理比[10]賣命坐之尒時所造天下大神命娶

---

a 遅＝蓬に若干の虫損あり。
1 書一＝蓬・日の文字情況↓㊼
2 処＝處(日)。↓01
3 4 可＝而(細)。
5 養＝細・倉の字形は「春」の「日」の箇所が「良」になる独特の字形。これは「養」草書の楷形化による。
6 古＝細・倉には「古」の上に一字分の空格あり。行頭でないため、改行空格であろう。
7 弉＝弊(細・倉)。
8 国＝國(細・倉)。
9 堤＝提(細・倉)。
10 比＝此(細・倉)。

而通坐時彼社之前有盤石其上甚滑之即詔
滑盤石哉詔故云南佐 神亀三年改字滑挟
多伎郷郡家南西卅里所造天下大神之御子阿
陀加夜努志多伎吉比賣命坐之故云多吉 神亀三年改字多伎
餘戸里郡家南西卅六里 説名如意宇郡
挟結驛郡家同処古志国佐与布云人来居之
故云最邑 神亀三年改字挟結也其所以来居者説如古志郷也

而通坐時彼社之前有盤石其上甚滑之即詔
滑盤石哉詔故云南佐 神亀三年改字滑狭
多伎郷郡家南西廾里所造天下大神之御子阿
陀加夜努志多伎吉比賣命坐之故云多吉 神亀三年改字多伎
[a]餘戸里郡家南西卅六里 説名如[1]意宇郡
狭結驛郡家同処[2]古志国佐与布云人来居之
故云最邑[*] 神亀三年改字狭結也其所以来居者説如古志郷也

---

a＝蓬に汚れあり(次丁オと照応)。

1如＝娘(細・倉)。細・倉の字形(女偏に「艮」)は「娘」の草書形の楷形化による字形。

2処＝處(日)。→01
＊邑＝細・倉の字形は「色」に極めて近い。上部の「口」を簡略に「ソ」とすることによる。

多伎驛郡家西南一十九里訛名改字女即也

寺

新造院一所朝山鄉中郡家正東二里六十歩建立

巖堂也神門臣等之所造也新造院一所古

志鄉中郡家東南一里刑部臣等之所造也

本立ノ
巖堂

社

美久我社　阿濱理社　比布知社　又比布知社

多吉社　夜牟夜社　矢野社　波加佐社

奈賣佐社　知乃社　淺山社　久奈為社

多伎驛*郡家西南一十九里 説名改字女即也

1*
新造院一所朝山郷中郡家正東二里六十歩建立

a
嚴堂也神門臣等之所造也新造院一所有古

志郷中郡家東南一里刑部[1]臣等之所造也

2*
美久我社 阿濵理社 比布知社 又比布知社
本[2]立b嚴堂

多吉社 夜牟夜社 矢野社 波加佐社

奈賣佐社 知乃社 淺山社 久秦*為社

*多伎驛＝「多伎驛」の次行に「神戸里」が存在するはず（42オの当郡「郷駅等集覧」参照）。細・倉・蓬・日のいずれも欠く。

*頭書1＝後時書込標目「寺」（細・倉・蓬・日）。

a＝蓬に汚れあり（前丁ウと照応）。

1部＝ア（細・倉）。「ア」は「部」の省文。

2本＝不（細）。木（倉）。

b＝「立」の下の「ノ」は蓬における墨筆（薄墨）による単なる汚損。

*頭書2＝後時書込標目「社」（細・倉・蓬・日）。

*秦＝各写本の字形は「秦」の異体字。

佐志牟社　多支枳社　阿利社　阿如社

国持社　那賣佐社　阿利社　大山社

保乃加社　多吉社　夜牟夜社　同夜牟夜社

比奈社　已上廿五所并在神祇官　塩夜社　火守社

同塩治社　久奈子社　同久奈子社　加夜社

小田社　波加佐社　同波加佐社　多支社

多支々社　波須波社　以上十二所並不在神祇官

山

田俣山　郡家正南一十九里　有拖扮　長柄山　郡家東南

佐志牟*社　多支枳社　阿利社　阿如社
国[1]持社　那賣佐社　阿利社　大[2]山社
保乃加社　多吉社　夜牟*夜社　同夜牟*夜社
比奈社　已上廿五所并在[3]神祇官　塩夜社　火守社
同塩治社　久奈子社　同久奈于[4]社　加夜社
小田社　波加佐社　同波加佐社　多支社
多支ゝ社　波須波社　以上十二所並不[5]在神祇官
*
田俣山郡家正南一十九里　有梅*粉　長柄山郡家東南

---

*牟＝倉・**蓬**・日の字形は「ム」の下に「干」。この字形は「牟」行書・草書を楷形化したことに由来。細では「ム」が「𠂉」になる。

1国＝國(細・倉)。

2大＝丈(細・倉)。

*牟＝「*牟」の前記、参照。

3在＝右(細・倉)。

4于＝テ(倉)。干(日)。

5不＝木(細・倉)。**蓬**・日の文字は「不」と見がたい。当初の「木」が完全には消えず文字の下に残存する。**蓬**の字が「本」に見えるのは虫損(「本」字の最終画の位置)の穴にも由来する。↓㊿
*頭書＝後時書込標目「山」(細・倉・**蓬**・日)。

*梅＝各写本の用字は「梅」(「檜」の草書を楷形化した字形)からの変容形。旁の「𠂉十也」は「色」の変容形。その「色」の異体字。

一十九里有把扮

吉栗山郡家西南二十八里有把扮之所謂所造天下大神宮梗造山也

家東南五里五十六歩大神之御屋

稲積山郡家東南五里七十六歩大神之稲積

陰山郡家東南五里八十六歩大神之御陰

稲山郡家正東五里一百一十六歩東在樹林三方並礒也大神御稲

梓山郡家東南五里二百五十六歩南西並在樹東北並礒大神御梓

冠山郡家東南五里二百五十六歩大神之御冠

諸山野所在草木白斂桔梗藍漆竜膽商陸

一十九里　*有梔枌
吉[1]栗山郡家西南二十[2]八里[a]　*有梔枌也[b]所謂所造天下大神官挟造山也[c]
家[3]東南五里五十六歩　大神也郷屋
稲積山郡家東南五里七十六歩　大神之稲積
陰山郡家東南五里八十六歩　大神之御陰
稲[4]山郡家正東五里一百一十六歩　東在樹林三方並礒也大神御稲
*桙山郡家東南五里二百五十六歩　南西並在樹[5]東北並礒大神御*桙
冠山郡家東南五里二百五十六歩　大神之御冠
諸山野所在草木自般桔[6]梗藍漆[7]竜膽商*陸

---

*梔＝44ウの「*梔」参照。

1吉＝上に二字程度の空格あり（細・倉）。

2二十＝廾（細）。

a里＝蓬に一部虫損あり。

b也＝蓬に一部虫損あり。

c官＝蓬の「官」字の上に押紙あり。この押紙により「宮」字に見える。日は「官」。細・倉は「宮」。

3家＝この上に「宇比多伎山郡」（鈔）の六字があるはず。細・倉・蓬・日には欠落。

4稲＝細・倉の独特の字形（「禾」に旁〈「者」の上に「ノ」〉）は「稲」の草書の楷形化による。

*桙＝「桙」の旁の「牟」は、44ウの「*牟」に同じ。

5樹＝樹林（細・倉）。

*桙＝前出。

6桔＝桔（細・倉）。

7漆＝桼（細・倉）。「桼」は「漆」の異体字。

*商＝細の字形は「商」の異体字。

續斷獨活白芷秦椒百部百合巻柏石斛升麻
當皈石葦麦門冬杜仲細辛伏苓葛根薇蕨
藤李蜀椒檜杉櫪赤桐白桐椿槻柘榆
蘗楮禽獸則有鵰鷹晨風鳩山鶏鵯鵤
狼猪鹿兎狐獺猨飛鼯也

川

神門川源出飯石郡琴引山北流即經來島
波多須佐三ヽ出神門郡餘戸里門立村即
神戸朝山古志等郷西流入水海也則有年

續断独活白[1]芷秦椒百部百合巻伯石解[2]升麻
當皈[*]石葦麦門冬杜仲細辛伏苓[3]葛根薇蕨
藤李蜀椒檜杉榧赤桐白桐[4]椿槻柘楡
蘗楮禽獸則有鵰鷹晨[5]風鳩山鶏[6]鶉鵑[7]
狼猪鹿兎狐獼猴飛鼯也
[*]
神門川源出飯石郡琴引山北流即経来嶋
波多須佐三[a]出神門郡餘戸里間圡村即
神[b]戸朝山古志等郷西流入水海也則有羊[c]

1白＝日(細)。
2解＝斛(細・倉)。
*皈＝「歸」(帰)の異体字。
3苓＝令(細・倉)。「令」は「苓」の省文。
4桐＝ナシ(細・倉)。
5晨＝農(細・倉)。
6鶏＝雞(細・倉)。
7鵑＝能(細・倉)。

*頭書＝後時書込標目「川」(細・倉・**蓬**・日)。

a三＝**蓬**に一部虫損あり。
b神＝**蓬**に一部虫損あり。
c有羊＝**蓬**に虫損あり。

魚鮭麻須伊具比多岐小川源出郡家西南卅三
里多岐山流入大海（有甲魚）
宇加池三里六十歩来食池周一里一百卅歩
（有菜）
笠柄池周一里六十歩（有菜）
刺屋池周一里
水海神門水海郡家正西四里五十歩周卅五
里七十四歩裏則有鯔魚鎮仁須受枳鮒玄蛎

魚鮭麻須伊具[1]比多岐小川源出郡家西南卅三

里多岐山流入大海有甲[2]魚

宇加池三[3]里六十歩来食池周一里一百卅歩

有菜[4]

笠柄池周一里六十歩有菜

*刺屋池周一里

水海神門水海郡家正西四里五十歩周卅五

里七十四歩裏則有鯔魚鎮仁須受枳鮒玄蠣

---

1 具＝旦(細)。

2 甲＝草(細)。

3 三＝周三(細・倉)。

4 菜＝糸(細・倉)。

*刺＝蓬・日の字は「刺」の異体字。細・倉の字形はその変容形。

也即水海与大海之間在山長卅二里二百三十
四歩廣三里些者意美努命之国引坐時
之総矣今俗人号云薗松山地之形體壊石並無
也白沙耳積上即松林茂繁四風吹時沙飛流
掩埋松林今年埋半遺恐遂彼埋已与起松
山南端美久我林盡石見与出雲二国堺
中嶋埼之間或平湏或凌礒凡北海所在
雜物如楯縫郡説但無紫菜

也即[a]水海与大海之間在[1]山長廾二里二百[2]三十
四歩廣三里此者意美定努命之国[3]引坐時
之総矣　今俗人号云薗松山地之形體壊石並無
也白沙耳積上即松林茂繁[b]四風吹時沙飛流
掩[4]埋松林令年埋半遺恐遂彼埋已与起松
山南端美久我林盡石見与出雲二[5]国堺
中嶋埼之間或乎須或凌礒凡北海所[6]在
雑物如楯縫郡説但無紫菜

---

a水＝蓬に一部虫損あり。
1山長＝長山(細)。細の「山」の右に返点、「長」の上に脱字符あり。
2三十＝卅(細)。
3 5国＝國(細・倉)。
b四＝蓬の文字不審は透き写し時の汚損と見られる。
4埋＝理(細・倉)。
6所＝「所」の上に一字分の空格あり(細・倉)。

通道出雲郡堺出雲河邊廿里廾五歩通飯石
郡堺堀坂山一十九里通同郡堺与曽紀村大
五里一百七十四歩通石見国安農郡堺多伎〻
山卅三里路常有剗通同安農郡川相郷卅六里径常
剗不有但當有政時權置耳
前件伍郡並大海之南也

郡司主帳无位刑部臣
大領外従七位上勲業神門臣

通道出雲郡堺出雲河邊七[a]里廾五歩通飯[b]石
郡堺堀坂山一十九里通同郡堺与曽紀村廾
五里一百七十四歩通石見国安農郡堺多伎〻
山卅三里 路賞[1] 有別[c] 通同安農郡川相郷卌[2]六[d]里住常
別[3]不有但當有政時權置耳
前件伍郡並大海之南也
郡司主帳旡[4]位刑部臣
大領外従七位上勳業[5]神門[*]臣

---

a七＝蓬の文字に不審があるのは透き写し時の汚損による。文字「七」自体に不審は無い。

b通飯＝蓬に一部虫損あり。

1賞＝常(細)。

c別＝蓬の字は崩した字形(次行頭)がより崩れ、かつ変容した臨時的な字形。

2卌＝卅(日)。→㉒

d六＝蓬の「六」の第二画と第三画の間に紙漉の屑あり。

3別＝引(日)。

4旡＝无(細)。「旡」は「无」と通字。

5業＝十二等(細・倉)。細・倉の「等」は省文「寸」の字形「ホ」。「十二ホ」が合字一字化して「業」と理解される。この箇所や51ウ・61オの細・倉の用字(細は64オも)は、本文「十二等」を明らかにし、大きな意義を有する。

*門＝日は某字を抹消して「門」と書く。→(63)

擬小領外大初位下勲業〻刑部臣
主政外従八位下勲業〻吉備ア臣

飯石郡
合郷漆　里十九
熊谷郷　今依前用
三屋郷　今字三刀矢
飯石郷　本字伊鼻郷
多祢郷　本字種

擬小領外大初位下勲業[1]刑部[2]臣
主政外従八位下勲業[3]吉備ア[*]臣

飯石郡
合[4]郷漆[5]　里十九
能谷郷　今依前用
三屋郷　今字三刀矢
飯石郷　本[6]字伊鼻郷
多弥[*]郷　本[7]字種

---

1 3業＝十二等(細・倉)。↓47オ参照。
2部＝ア(細・倉)。「ア」は「部」の省文「阝」の変容形。
＊ア＝右の「2部」参照。
4郷＝卿(細)。2オ参照。当郡では48オ3の「来嶋郷」の「郷」字が「卿」。以下、一々注記しない。

5漆＝柒(細・倉)。「柒」は「漆」の異体字で「七」の大字。
6 7本＝夲(倉)。「夲」と「本」は通字で、「本」が上代の常用字。
＊弥＝細・倉・**蓬**・日は偏「弓」を「方」とする。「弓」の筆記体は容易に「方」となり、「弓・方」は通用。ここは「祢」とあるべき箇所。

須佐郷　今依前用以上伍郷別里参
波多郷　今依前用
来嶋郷　今字支自真以上貳郷別里貳
所以号飯石者飯石郷中伊毗志都幣冷《命》坐故云
飯石之　熊谷郷　郡家東北廿六里古老傳
云久志伊奈大美等与麻奴良比賣命任身及将
産時求処生之尓時到来此処詔甚久々麻々志
枳谷在故云熊谷也　三屋郷　郡家東北廿四

須佐郷　今依前用*以上伍郷別里[1]叁

波多郷　今依前用

来嶋郷　今字支目[2]真*以上貳郷別[3]里貳

所以号飯石者飯石郷中伊毗志都弊令[4]坐故云

飯石之　能谷郷郡家東北廾六里古老傳

云久志伊奈大美等*与麻奴良比賣命任身及將

産時求処[5]生之尓時到来此処[6]詔甚久ゝ[7]麻ゝ志

枳谷在[a]故云能[8]谷也　三屋郷郡家東北廾四

---

*以＝「以」からの七文字、各写本やや小文字。

1別里＝引皇(細・倉)。

2目＝日の当初の字は「目」。後時別筆で、「ノ」が加筆され、「自」字に見える。→㉓

*以＝「以」からの七文字、各写本やや小文字。

3別＝刑(細・倉)。

4令＝今(細)。蓬の「令」には見セ消チが付され、右に薄墨で「命」の傍書あり。これは後時別筆。

*等＝写本の用字は「等」の異体字(省文)。蓬の右肩は紙漉の屑。

5 6処＝處(日)。→01

7ゝ＝久(細・倉)。

a在＝蓬に一部虫損あり。

8能＝熊(細)。

星所蒞天下大神之御門即坐処故云三刀矢
神亀三年改字三屋 即有正倉　飯石郡家正東一十二
里伊毗志都幣命天降坐処故云伊鼻志 神亀三年改字飯石
多祢郷属郡家所蒞天下大神大穴持命与
須久奈比古命巡行天下時稲種堕此処故云
種 神亀三年改字多祢 須佐郷郡家正西一十九里神須
佐能袁命詔此国者雖小国々処在故我御名
者非著木石詔而即己命之御魂鎮置給之

里所造天下大神之御門即右此処[1]故云三刀矢
（神亀三年改字三屋）即有正倉　飯石郡家正東一十二
里伊毗志都幣命天降生処[2]故云伊鼻志[3]（神亀三年改字飯石）
多祢郷属郡家所造天下大神大穴持命与[a]
須久奈比[*]古命巡行天下時稲種随此処[4]故云
種（神亀三年改字多弥[5]）須佐郷郡家正西一十九里神須
佐能表[6]命詔此国者雖小国ゝ処[7]在故我御名
者[b]非着木石詔而即己命[c]之御魂鎮置給之

---

1 2 4 7処＝處(日)。→⓪①
3志＝悉(細・倉)。細・倉の字形は異体字形。
a与＝蓬に一部虫損あり。
＊比＝細・倉の字形は「丫＋ヒ」。
5弥＝祢(日)。細・倉・蓬の字形は、書写の常態として「弓」が「方」になる。日はその「方」を消すことなく、重ね書きで「ネ」と修訂。→47ウ「＊弥」。→㉔
6表＝裳(細・倉)。
b者＝蓬に一部虫損あり。
c命＝蓬には透き写し時の汚れと虫損あり。

然即大須佐田小須佐田定給故云須佐即有
正倉　波多郷郡家西南一十九里波多都美
命天降生家在故云波多
来嶋郷郡家正南卅一里伎自麻都美命生故
云支自真　神亀三年改字来嶋　即有正倉
社
須佐社　河邊社　御門屋社　多倍社
飯石社　以上五処並在神祇官　狭長社　飯石社　田中社　多加毛利社
兎比社　日倉社　井草社　深野社　託和社

然即大須佐田小須佐田定給故云須佐即有
正倉　波多郷郡家西南一十九里波多都美
命天降生家在故云波多
来嶋郷郡家正南卅[1]一里伎自麻都美命生故
云支自真（神亀三年改字来嶋）即有正倉[a]
[＊]須佐社　河邊社　御門屋社　多位社
飯石社（以上五処[2]並在神祇官[b]）狭[3]長社　飯石社　申[4]中社　多加毛利社
兎比社　日倉社　井草社　深野社　託和社

---

1 卅＝丗（細・倉）。細・倉の字形は「廿」を横に二つ並べた形で、原初字形と見られる。
a 正＝蓬は当初「止」と書き加筆で「正」と校正。
＊頭書＝後時書込標目「社」（細・倉・蓬・日）。
2 処＝處（日）。→01
b 在＝蓬に一部虫損あり。
3 狭＝細・倉は「犭」を「歹」とする。
4 申＝甲（細・倉）。

上社　葦鹿社　粟谷社　宍見社
神代社　志志乃村社　以上十六所 不在神祇官
山
焼村山郡家正東一里宍厚山郡家正南一里笑
村山郡家正西一里廣、瀬山郡家正北一里琴
引山郡家正南卅五里二百歩高三百丈周
十一里古老傳云此山峯有窟裏所造天
下大神之御琴長七尺廣、三尺厚一尺五寸又
在石神高二丈周四丈故云琴引山有塩

上社　葦鹿社　栗谷社　穴見社

神代社　志志乃村社　以上十六所 不在神祇官

[*]燒村山郡家正東一里穴厚山郡家正南一里笑[a]村山郡家正西一里廣瀬山郡家正北[1]一里琴引山郡家正南卅五里二百歩高三百丈周十一里古老傳云此山峯有窟裏所造天下大[2]神之[3]御琴長七尺廣三尺厚一尺五寸又在[b]石神高二丈周四丈[c]尺故云琴引山 有塩

＊頭書＝後時書込標目「山」(細・倉・**蓬**・日)。

a 笑＝**蓬**に一部虫損あり。

1 北＝卦(細・倉)。

2 大＝ナシ(細・倉)。

3 之＝ナシ(倉)。

b 在＝**蓬**に一部虫損あり。

c 丈＝**蓬**に押紙あり。

石穴山郡家正南五十八里高五十丈幡咋山郡
家正南五十二里有知欲野見木見石以三野並郡
家南西卌里有紫草佐比賣山郡家正西五十一里
一百四十歩石見与出雲二国堺堀坂山郡家正西卌一里
有枚松城恒野家正南一十二里有紫草
伊我山郡家正北一十九里二百歩奈倍山郡
家東北廿里二百歩凡諸山野所有草木卑
解升麻當皈独活大薊黄精前胡暑預白

[a]石穴山郡家正南五十八里高五十丈幡[1]咋山郡
家正南五十二里有知欲野見木見石以三野並[2]郡
家南西卌里有紫草佐比賣山郡家正西五十一里
一百[3]四十歩石見与出雲二国堺堀坂山郡家正西卌一里
有枚松城恒野家正南一十二里有紫草
伊我山郡家正北一十九里二百歩奈倍山郡
家東北廾里二百歩凡諸山野所有[4]草木卑[5]
解升麻當皈*独活[6]大薊[7]黄精前胡暑預白

a 石=蓬に一部虫損あり。
1 幡=細は偏が「イ」。
2 並=韮(細・倉)。
3 四十=卌(細・倉)。
4 有=在(細)。
5 卑=早(細)。
＊皈=「歸」(帰)の異体字。
6 活=治(細)。
7 薊=莇(細・倉)。

术女委 細辛 白頭公 白芷 赤箭 桔梗 葛根
秦皮 杜仲 石斛 藤李 榲 赤桐 椎 楠 楊梅 槻
柘 榆 松 榧 蘗 楮 禽獸則有鷹 隼 鶏 鳩 雉 熊
狼 猪 鹿 菟 獼 飛鼯
川
三屋川 源出郡家正東一十五里多加山小流入斐
伊河 (有年魚) 須佐川 源於郡家正南六十八里琴
引山小流 經來嶋波々多須佐等三郷 入神
門郡門立村 此所謂神門河上 (有年魚) 磐鉏

朮女委[a]細辛白[1]頭公白恐赤箭[2]桔梗葛根
秦皮杜仲石斛藤李椙[b]赤桐椎楠楊梅[c]槻
柘榆松榧蘗楮禽獸則有鷹隼[3]鶏鳩雉熊
狼猪鹿菟獼飛鼯

[*]
三屋川源出郡家正東一十五里多加山北流入斐
伊河 有年魚[4] 須佐川源於郡家正南六十八里琴
引山北[5]流経栞嶋波々多須佐等三郷入神
門郡門立材[6]此所謂神門[d]河上 有年魚[7] 磐鉏[e]

---

a委＝蓬に一部虫損あり。
1白＝百(細・倉)。
2箭＝落(細・倉)。
b椙＝蓬、第七画の不審は筆画漏れの後時補筆。
c梅＝蓬、第五画の汚れは透き写し時に由来するもの。
3隼＝阜(細・倉)。細・倉の字形は「皀」の変容形。「皀」は「阜」の異体字。
＊頭書＝後時書込標目「川」(細・倉・蓬・日)。
4魚＝貞(細・倉)。
5北＝比(細)。
6材＝村(細・倉・日)。→⑥06
d門＝蓬に一部虫損あり。
7魚＝点(細・倉)。
e磐鉏＝蓬に一部虫損あり。

川源於郡家西南七十里箭山北流入須佐河
有年魚
波多小川源於郡家西南二十四里志
許斐山北流須佐河有鐵飯石小川源於郡
家正東一十二里佐久禮山北流入三屋川有鐵
通道通大原郡堺斐伊河邊廿九里一百八十
步通仁多郡堺温泉川邊廿二里通神
門郡堺与曾紀村廿八里六十步通同郡堀坂山
廿一里通備後國惠宗郡堺荒鹿坂廿九

川源於郡家西南七十里箭山北流入須佐河有年[1]魚波多小川源於郡家西南二十四里志許斐山北流須佐河有鐵飯石小川源於郡家正東一十二里佐久礼山北流入三屋川有鐵

通道通大原郡堺斐伊河邊卅九里一百八十[a]歩通仁多郡堺温堺泉川[2]辺卅二里通神門郡堺[b]与曽紀村卅八里六十歩通同郡堀故山卅一里通備後国恵宗郡堺荒鹿坂卅九

---

1 魚＝点(細・倉)。

a 十＝**蓬**に一部虫損あり。

2 川＝河(細)。

b 堺＝**蓬**の文字、水消しが薄くて、旁に書き損じ時の横画が残存。

里二百歩經常有剰通道通三以郡三坂八十一里

經常有剰波多々經佐經剰但志都志都美經以

上三經常无剰但當有改

時堆買耳並通備後国之

郡司主帳无位置首

大領外正八位下勲業大弘造

少領外従八位出雲臣

仁多郡

仁多郡

里二百歩経常有剗*通道通三以郡[1]三坂八十一里

経常有剗*波多ゝ経佐経剗*但志都志都美経以[a]

上三経常旡[2]剗*但當有政

時堆[3]買[4]耳並通備後国之

郡司主帳旡[5]位置首

大領外正八位下勳業[6]大弘造

少領外従[7]八位[8]出雲臣

＊剗＝細・倉・蓬・日の字形は「剳」。「剳」は「剗」の草字形に由来する字形。

1郡＝郡堺(細・倉)。

a以＝蓬の不審は透き写し時の文字の滲みによる。

25旡＝无(細)。「旡」と「无」は通字。

3堆＝推(細・倉)。

34堆買＝権置(日)。日は当初、別字(堆買か)を書いた後、水消しして「権置」と書く。→㉕

6業＝十二等(細・倉)。→47オ「5業」

7従＝経(細・倉)。

8位＝位上(細・倉)。

合郷肆　里十二

三処郷　今依前用

布勢郷　今依前用

三津郷　今依前用

横田郷　今依前用

所以号仁多者所造天下大神大穴持命詔此国
者非大非小川上者木穂刺加布川下者河志
婆布這度之是者尒多志枳小国在詔故云

合郷[1]肆　里十二
三処郷　今依前用
布勢郷　今依前用
三津郷　今依前用
横田郷　今依前用
所以号仁多者所造天下大神大穴持命詔此国
者非大非小川上者木穂刺[*]加布川下者河志
婆布這度之是者尒多志枳小国在詔故云

---

1 郷＝卿(細)。2オ参照。当丁オでは5行目の「横田郷」の「郷」字が「卿」。以下、一々注記しない。

* 刺＝細・倉・蓬・日の字形は「剌」の異体字（「判」と通字）。46オ6の「刺」とは字形を異にするが、共に「刺」の異体字である。

仁多三処郷即属郡家大穴持命詔此地田好
故吾御地占経故云三処
布勢郷郡家正西一十里古老傳云大神命之宿
坐処故云布世 神亀三年改字布勢
三津郷郡家西南廾五里大神大穴持命御子阿
遅須伎高日子命御須髪八握于生晝夜哭
坐之辞不通尓時御祖命御子乗船而率巡
八十嶋宇良加志給鞆猶不止哭之

仁多三処郷即属郡家大穴持命詔此地田好
故吾御地古経故云三処
布勢郷郡家正西一十里古老傳云大神命之宿
坐処故云布世（神亀三年改字布勢）
三津郷家西南廾五里大神大[1]穴持[2]命御[3]子阿
遅須伎[4]高日子命御卿髪八握于生晝[5]夜哭
坐之辞不通尒時祖[6]命御子乗舩而卒巡
八十嶋宇良加志給鞆猶不止哭之

1大＝太（細）。「大」「太」は通字。
2持＝時（細・倉）。
3御＝栿（細・倉）。「栿」は「枡」の異体字。
4伎＝侍（細・倉）。
5晝＝盡（細・倉）。
6祖＝御祖（細・倉）。「祖」の字形は36オ「＊祖」参照。

十八神多願給吉御子之哭田多尓願坐則
夜
多見坐之御子辞通則寤問給尓時御津申
尓時何処然云問給即御祖前立去於出坐而
石川度坂上至留申是処也尓時其津水沼
於而御身沐浴坐故国造神吉事奏参向朝
廷時其水活出而用初也依此今産婦彼村
稲不食若有食者所生子已云也故云三津

十八神夢*願給吉御子之哭田[1]夢*尓願坐則

夜*

*夢見坐之御子辞通則寤間[2]給尓時御津申

尓時何処然云問給即御祖*前[3]立去於[a]坐而

*名川度坂上至留申是処也尓時其[b]津水治

於而御身沐浴[4]坐故国造神吉事奏参[5]向朝[c]

廷時其水活圡而用初也依此今産婦彼村

稲[6]不食[d]若有食者所生千[7]己云也故云三津

---

*夢＝各写本の字形は異体字形「㝱」。

1田＝由(細・倉)。田の字形→⑨

*夜＝細・倉も蓬と同じ配字。前行の行頭「十八神」は「大神」の「大」が虫損により、「亠八」となり、それを「十八」と写したことにより一字増え、親本の配字を重んじて「夜」一字の行が出現したものと理解出来る。

2間＝問(細・倉)。

*祖＝「祖」の字形は36オ「*祖」参照。

3前＝御前(細・倉)。

a於＝蓬には「於」字にかぶせる形で後時の薄手の押紙があり「出」と本文を批正。

*名＝細・蓬の字形は、「石」の上に「ク」のある形で、「ク」の終画は切れずに「石」の斜画に続く。

b其＝蓬に透き写し時の滲みあり。

4浴＝洛(細・倉)。

5参＝參(細・倉)。蓬は当初「參」と書記し、水消しして「参」と上書き。→㊽

c朝＝蓬の第十画に透き写し時の滲みあり。

6稲＝稻(細)。

d食＝蓬に一部虫損あり。

7千＝子(日)。日は当初「千」と書記し、その後、上部に横画を加筆し、縦画を跳ねる形に加筆して「子」字とする。→㉖

即有正倉　横田郷　郡家東南卅一里　古老
云郷中有田四段許形聊長遂依田而故云
横田即有正倉　以上諸郷所出鉄堅尤堪造雑具

社
三澤社　伊我多氣神　以上二所並在神祇官　玉作社　須我乃非社
湯野社　比太社　漆仁社　大原社
御支斯里社　石壺　以上八所並不在神祇官

山
鳥上山　郡家東南卅五里　伯耆与出雲之堺有塩味葛　室原山　郡
家東南卅六里　備後与出雲二国之堺有塩味葛　灰火山　郡家東南

即有正倉　横田郷郡家東南廾一里古老
云郷中有田四段*許形聊[1]長遂依田而故云
横田即有正倉 以上諸郷所於鉄堅* 尤堪造雑旦*

1＊
叄*澤社　伊我多氣神 以上二所並 在神祇官[2]　玉作社　須我乃非社
湯野社　比太社　柒仁社　大原社
仰支斯里社　石壷 以上八所並 不在祇神官[3]

2＊
鳥上山[a]郡家東南卅五里 伯耆与出雲之 堺有塩味葛　室原山郡
家東南卅六里 備後与出雲二国[4]之 堺有塩味葛　灰火山郡家東南

＊段＝異体字形。細・倉・日も同字形。
1聊＝耶(細・倉)。
＊堅＝「竪」と「竪」は通字。
＊旦＝倉の字形は「具」に見えるが、後時の加筆によるもの。
＊頭書1＝後時書込標目「社」(細・倉・蓬・日)。
＊叄＝蓬の字形は「叄」を簡略化した字形。細・倉・日も同字形。
2在＝石(細・倉)。
3祇神＝神祇(細・倉)。
＊頭書2＝後時書込標目「山」(細・倉・蓬・日)。
a上＝蓬の字に透き写し時の汚損あり。
4国＝國(細)。

廿里託山郡家正南廿七里有壇味葛御坂山郡家西
南五十三里即此山有神御門故云御坂備後与出雲之堺壇味葛
志努坂野郡家西南卅一里有紫草少々玉峯山郡家東
南一十里古老傳云山嶺在玉上神故云玉峯
城紲野郡家正南一十里有紫草少々大内野郡家
正南廿二里有紫草少々菅火野郡家正西四
里高一百廿五丈周一十里峯有神社戀山郡家正
南廿三里古老傳云和尒戀阿伊村坐神玉日女

卅里託山郡家正南卅[1]七里 有壇味葛 御坂山郡家西
南五十三里即此山有神御門故云御坂 備後与出雲之堺[a]壇味葛
志努坂野家西南卅一里 有紫菜少々 玉峯山郡家東
南一十里古老傳云山嶺在玉上神故云玉峯
城紲野郡家正南一十里 有紫草少々 大内野郡
家正南廾二里 有紫草少々 菅火野郡家正西四
里高一百廾五丈周一十里 峯有神社 戀山郡家正
南廾三里古老傳云和尓戀阿伊村坐神玉日女

---

1 卅＝卌(細・倉)。細・倉の字形は、「廿」を二つ横に並べた「卌」。

a 堺＝**蓬**は当初、一字下の「壇」を書き、その旁のみ水消しして同筆で「堺」と書き直す。→三二八頁一四～一八行。

余而上到尓時玉日女命以石塞川不得會所戀
故云戀山凡諸山野在草木白頭公藍漆高本
玄参百合王不留行薺苨百部根瞿麦升麻
枚葉黄精地楡附子狼牙離留石斛貫衆續
断女委藤李檜椙樫松栢栗柘槻蘗楮
禽獣則有鷹晨風鳩山鶏鵠熊狼猪鹿狐兎
獼猴飛鼯

川

室原川源出郡家東南卅五里鳥上山北流所

命而上到尒時玉日女[1]命以石塞川不得會所戀
故云戀山凡諸山野在草木白頭公藍柒高本[2]
玄参百合王不留行斉[3]苊百部[4]根瞿麦升麻
枚葜[*]黄精地楡附子狼牙離留石解[5]貫衆續[a]
断女委藤李檜椙樫松栢栗柘槻蘗楮
禽獸則有鷹晨風鳩山鶏鵄熊狼猪鹿狐菟
獼猴飛猵

[*] 仁多郡

室[b]原川源出郡家東南卅五里鳥上山[c]北流所

1日女＝細・倉は一字に合字(前行末の例は合字に近い二字例)。

2本＝夲(細・倉)。「夲」と「本」は通字で、「夲」が上代の常用字。

3斉＝細・倉の字形は「齊」の変容形。「斉・齊」は「齊」の省文。

4部＝郡(細・倉)。

＊葜＝細・倉・**蓬**・日の用字は「葜」の草書を楷形化した字形。

5解＝斛(細・倉)。

a續＝**蓬**に若干の虫損あり。

＊頭書＝後時書込標目「川」(細・倉・**蓬**・日)。

b室＝**蓬**に一部虫損あり。

c山＝**蓬**に一部虫損あり。

謂斐伊河上有年魚少々横田川源出郡家東南卅五
里室原山北流此則所謂斐伊大河上有年魚麻須魴
鱧等類灰火小々川源出灰火山入斐伊河上有年魚
阿伊川源出郡家正南卅七里遊託山北流入斐
河上有年魚麻須阿位川源出郡家西南五十里御坂山
入斐伊河上有年魚麻須比川大海出郡家東南一十里
玉峯山北流意宇郡野城河上是也有年魚湯野
小川源出玉峯山西流入斐伊河上

謂斐伊河上 有年魚少々 横田[1]川源出郡家東南卅六[a]里室原山北流此則所謂斐伊大河上 有年魚麻須魴鱧等類 灰火小々川源出灰火山入斐伊河上 有年魚 [2]阿伊川源出郡家正南卅七里遊託山北流入斐河上 有年魚麻須 阿位川源出郡家西南五十里御坂山入斐伊河上 有年魚麻須 比川大海出郡家東南一十里玉峯[3]山北流意宇郡野城河上是也 有年魚 湯野小川源[b]出玉峯[4]山西流入斐伊河上

1田＝由(細)。

a六＝蓬は当初「五」と見られる文字を書き、水消しの後に「六」と書記。その後、虫損による三か所の欠損があり不鮮明。

2阿＝河(細)。

34峯＝岑(細)。「岑」は「峯」の異体字。

b源＝蓬に若干の虫損あり。

通道通飯石郡堺漆仁川邊卅八里郎川邊
有薬湯浴ゝ則身体穆平再濯則万病消除男
女忘〔老〕少晝夜不息駱驛往来无不得験故俗人
号云薬湯也郎有正倉通大原郡堺辛谷村一十六
里二百卅六歩通伯耆国日野郡堺阿志毗縁
山卅五里一百五十歩常有剗通備後国恵宗郡堺
遊託山卅七里常有剗通同恵宗郡堺比市山五十
三里常无剗但常有政時権置多

通道通飯石郡堺柒仁川邊卅八里即川邊
有薬湯[a]浴ゝ則身体[1]穆平再濯則万病消除易[2]
女志[3]少晝夜不息駱驛徃来旡[4]不得驗[5]故俗人
号云薬湯也 即有正倉 通大原郡堺辛谷村一十六
里二百卅六歩通伯耆国日野郡堺阿志毗緑[6]
山卅五里一百五十歩 常有＊剗 通備後国恵宗郡堺
遊託山卅七里 常有＊剗 通同恵宗郡堺此市山五十
[b]三里 常旡[7]＊剗但常[8]有政時権置多

---

a湯＝蓬、透き写し時の汚れ、用字における第九画に若干あり。
1体＝休(細)。
2易＝男(日)。日は当初「易」らしい文字を書き、削った後に「男」を書写。その修訂の手は蓬に及び蓬の「易」を見セ消チ(マーク「ヒ」)し、右に「男」と傍書批正。→(55)
3志＝老(日)。日は当初「志」らしい文字を書き、削った後に「老」を書写。その修訂の手は蓬に及び蓬の「志」を見セ消チ(マーク「ヒ」)し、右に「老」と傍書批正。→(55)
4 7旡＝无(細)。「旡」と「无」は通字。
5驗＝細・倉の字形は異体字「騐」の省文(「心」を略した字形)。
6緑＝縁(細・倉)。
＊剗＝写本の字形は51ウ参照。
b三＝蓬に一部虫損あり。

8常＝當(日)。日は当初「常」を書き、後時に「常」の下部を水消しし加筆して「當」とする。→㉗

郡司主帳外大初位下品治部
大領外從八位下蝮部臣
少領外從八位下出雲臣

大原郡
合郷捌　里廿四
神原郷　今依前用
屋代郷　本字矢代
屋裏郷　本字矢内

郡司主帳外大初位下品[1]治部
大領外従八位下蝮部臣
少領外従八位下出雲臣

大原郡

合郷[2]捌　里廿四
神原郷　今依前用
屋代郷　本字矢代
屋裏郷　本字矢内

1品＝細・倉の字形「只」は「品」の異体字(略体字)。

2郷＝細・倉・蓬・日の字形は「卿」。「卿」と「郷」は通字。２オ参照。以下、一々注記しない。

佐世郷　今依前用

河用郷　本字河歡

海潮郷　本字得塩

来以郷　今依前用

斐伊郷　本字樋　以上別郷里参

所以号大原者郡家正西一十里一百一十六歩

田一十町許平原号曰大原往古之時此處有郡

家今猶追旧号大原　今有郡家處号云斐伊村　神原郷郡

佐世郷　今依前用

河用郷　本[1]字河欲

海潮郷　本[2]字得塩

来以郷　今依[3]前用

斐伊郷　本[4]字樋　以上別[5]郷里[6]参

所以号大原者郡家正西一十里一百一十六歩

田一十町許平原号曰[7]大原往古之時此処有郡

家今猶追旧号大原　今有郡家処号云斐伊村　神原[a]郷郡[b]

---

1 2 4 本＝夲(細・倉)。「夲」と「本」は通字で、「夲」が上代の常用字。

3 依＝佐(細・倉)。

5 別＝日の当初字は「別」。後時に、薄墨別筆で手偏を加筆。↓㉘

6 里＝別里(細・倉)。

7 曰＝四(倉)。

a 原＝蓬に虫損あり。

b 郡＝蓬に若干の虫損あり。

正北九里古老傳云所造天下大神之御財積
置給處則可謂神財郷而今人猶誤故云神原
郷耳　屋代郷郡家正北一十里一百一十六歩
所造天下大神之垜立射處故云矢代神亀三年改字屋代
即有正倉　屋裏郷郡家東北一十
里一百十六歩古老傳云所造天下大神令殖
矢給處故云矢内神亀三年改字屋裏　佐世郷
郡家正東九里二百歩古老傳云須佐能袁

正北九里古老傳云所造天下大神ゝ御[a]財積
置[1]給處則可謂神財郷而今人猶誤故云神原
号耳屋代郷郡家正北一十里一百一十六歩
所造天下大神之垛[2]立射處故云矢代（神亀三年改字屋代）即有正倉[3]
屋裏郷郡家東北一十里一百十六歩古老傳云所造天下大神令塡[*]笑給處故云矢内（神亀三年改字屋裏）[4]
佐世郷郡家正東九里二百歩[b]古老傳云須佐能表

a 御＝**蓬**に一部虫損あり。

1 置＝買(細・倉)。

2 垛＝**蓬**・日の字形は「契」とコンタミネーション(混交現象)を起こしている。**蓬**・日の字形の下部「木」を「大」にした字形が「契」で、これは細・倉の字形。

3 空格＝細・倉は一字程度の空格。

＊ 塡＝細・倉・**蓬**・日の字形は「土」偏が「歹」偏で書記される。

4 空格＝ナシ(細・倉)。

b 歩＝**蓬**に一部虫損あり。

命佐世乃木葉頭刺而踊躍為時所刺佐世
木葉墮地故云佐世　阿用郷郡家東南
一十三里八十歩古老傳云昔或人此處山田
佃而守之尓時目一鬼来而食佃人之男尓時
男之父母竹原中隱而居之時竹葉動之尓
時所食男云動々故云阿欲　神龜三年改字阿用
海潮郷郡家正東一十六里卅三歩古老傳云
宇能治比古命恨御祖須義祢命而北方出雲

命佐世[a]乃木葉頭刺[*]而踊躍為時所刺[*]佐世
木葉墮[b]地故云[1]佐世　阿[2]用郷郡家東南
一十三里八十歩古老傳云昔或人此處山田
烟而守之尓時目一鬼来而食佃人之男尓時
男之父母竹原中隠而居之時竹葉動之尓
時所食男云動〻故云阿欲（神亀三年改字阿用）
海潮郷郡家正東一十六里卅三歩古老傳云
宇[c]能活比古命恨御祖[*]須義弥命而北[d]方出雲

---

a世＝**蓬**に一部虫損あり。
＊刺＝「刺」と「判」は通字。
b墮＝**蓬**に一部虫損あり。
1云＝ナシ（細・倉）。
2阿＝河（細・倉）。
c宇＝**蓬**に一部虫損あり。
＊祖＝「祖」の字形は36オ「＊祖」参照。
d北＝**蓬**に一部虫損あり。

海潮押止漂御祖之神此海潮至故云得塩神亀三年改字海潮即東北須我小川之湯淵村川中隅泉温イ不用号
同川上毛間林川中温泉出不用来次郷郡家正
南八里所造天下大神命詔八十神者不置青
垣山裏詔而追廢時此義迨以生故云来以斐
伊郷屬郡家通速日子命坐此處故云樋神亀三年改字斐伊
新造院所在斐伊郷中郡家正南一里建立

海潮押止[1]漂御祖[*]之神此海潮至故云得塩神亀[a]三年[b]改字海潮

即東北須我小川之湯渕村川中隅[c]泉不用号

同川上毛間林川中温泉出不用

来次郷郡家正南八里所造天下大神命詔八十神者不置青[d]塩山裏詔而追廢時此義迨以生故云来以斐伊郷属郡家通速日子命坐此處故云樋神亀三年改字斐伊[e]

新造院所在斐伊郷中[f]郡家正南一里建立

1止＝上（細・倉）。

＊祖＝「祖」の字形は36オ「＊祖」参照。

a亀＝蓬に一部虫損あり。

b年＝蓬に虫損あり。

c隅＝蓬に本文注記の傍書「温欤」がある（「欤」は推測の「か」）。当注記は、押紙でなく、打ち付けに墨書された蓬の筆記者による独自注記で、次行の「温」と同筆。この種の当初からの傍書は他に35オ7のみである（↓35オ「a千」）。13ウ8、14ウ1、20オ8の傍書注記は親本に由来する。

d青＝蓬に一部虫損あり。

e伊＝蓬に一部虫損あり。

f中＝蓬に虫損あり。

厳堂也有僧五躯大領勝部君虫麿之所造也
新造院所有屋裏郷中郡家正北一十一里
一百廿歩建立層塔也有僧一躯前少領田部臣押
嶋之所造今少領伊去美之従父兄也新造院所在斐伊
郷中郡家東北一里建立厳堂有尼二躯斐伊郷人
樋伊支知麿之所造也
社
矢口社　宇乃追社　支須支社　布須社　御代社
汙乃遅社　神原社　樋社　樋社　佐世社

嚴堂也（有僧五軀） 大領勝部[a]君虫[*]磨[1]之所造也
新造院所有屋裏郷中郡家正北一十一里
一百廾歩建立層塔也（有僧一軀） 前少領田部臣押
嶋之所造（今少領伊去美之従父[2]兄也） 新造院所在斐伊[b]
郷中郡家東北一里建立嚴堂（有尼二軀） 斐伊郷人
樋仰支知麿之所造也
[*] 矢口社 宇乃追[3]社 支須支社 布須社 御代社
汙[4]乃庭[*]社 神原[5]社 樋社 樋社 佐[c]世社

---

a部＝蓬に一部虫損あり。
＊虫＝「虫」は「虫」の異体字。
1磨＝麿(細)。
b伊＝蓬に一部虫損あり。
2父＝又(細・倉)。
＊頭書＝後時書込標目「社」(細・倉・蓬・日)。
3追＝細・倉の字形は「遅」の草体の楷形化で、「辶」は「夂」となる。
4汙＝汗(細・倉・日)。
＊庭＝異体字形(倉・蓬・日)。細はより崩れた形。「遅」の草書からの変容形であろう。
5原＝厚(細・倉)。
c佐＝蓬に一部虫損あり。

世裡陀社　得塩社　加多社　以上一十三所並在神祇官　赤桑社
等々呂吉社　矢代社　比和社　日原社　情屋社
春殖社　船林社　宮津日社　阿用社　置谷社
伊佐山社　須我社　川原社　除川社　屋代社
以上一十七所並不在神祇官
山
菟原野郡家正東即属郡家城名樋山郡
家正北一里百歩所造天下大神大穴持命為
代八十神造城故三〔云乙〕城名樋也高麻山郡家

世裡陀社　得塩社　加多社　以上一十三所并在神[1]祇官　赤[a]秦社

等々呂吉社　矢代社　比和社　日[2]原社　情[3]屋社

春殖社　舩林社　官[4]津日社　阿用社　置谷社

伊佐山社　須我社　川原社　除[5]川社　屋代社

以上一十七所並不[6]在神祇官

［＊］

菟原野郡家正東即属郡家城名樋山郡

家正北一里百歩所造天下大神大穴持命為

代八十[b]神造城故三[7]城[c]名樋也高麻山郡家

1神＝神亀(細・倉)。

a赤＝**蓬**に一部虫損あり。

2日＝目(日)。**蓬**の字形は一見「目」とも解し得る「日」の字形。

3情＝幡(細・倉)。

4官＝宮(細・倉)。

5除＝涂(細・倉)。

6不＝石(細・倉)。**蓬**の第一・二画に透き写し時の滲みあり。

＊頭書＝後時書込標目「山」(細・倉・**蓬**・日)。

b十＝**蓬**に一部虫損あり。

7三＝云(日)。日は「三」と書記後、墨色のやや薄い別筆で「三」の上に重ねる形で「云」と補訂。**蓬**には薄墨の見セ消チと傍書「云歟」がある。**蓬**の書き込みの時期は降る。→㉙

c城＝**蓬**に一部虫損あり。

正北一十里二百歩高一百丈周五里北方有樫
椿木類東南西三方並野古老傳云神須佐能
袁命御子青幡佐《サ》草《クサ》肪《日ヒ古コノ》命是山上麻蒔祖故云
高麻山即此山岑生其御魂也須我山郡家東
北一十九里一百八十歩 有檜枌 船岡山郡家東北
一里一百歩阿波枳閉委奈佐比古命曳來居船
則此山是矣故云船岡也御室山郡家東北一
十九里一百八十歩神須佐乃乎命御室令造

正北一十里二百歩高一百丈周五里北方有樫
椿等類東南西三方並野古老傳云神須佐能
[1]表命御子青幡[a]佐草貼命是山上[2]麻蒔*祖故云
高麻山即此山岑生其御魂也須我山郡家東
北一十九里一百八十歩（有*檎　枌）舩岡山郡家東北
一里一百歩阿波枳閇委奈佐比古命曳来居舩
則此山是矣故云舩岡也御室山郡家東北一
[b]十九里一百八十歩神須佐乃乎命御室令[c]造

1表＝裳(細)。

a佐草貼＝貼は「日古」の合字の変容形。この字形は、細・倉・日に共通する。なお**蓬**には、後時の別筆による「日古」の傍書と共に、薄墨で打ち付けに「サクサヒコノ」の傍訓がある(押紙ではない)。これは**蓬**における唯一の施訓例。

2麻＝細の字形は「麻」の第一画を欠くが、臨時的な字形。

*祖＝「祖」の字形は36オ「*祖」参照。当所の細・倉の字形は他所よりも、より崩れた形。

*檎＝細・倉・**蓬**・日の字形。「檜」の変容形と見られる。

b十＝**蓬**に若干の虫損あり。

c造＝**蓬**に一部虫損あり。

給所宿故云御室凡諸山野所在草木苦参
桔梗薔茹白芷前胡独活卑解葛根細辛茵
芋白芬詭月白歛女委暑預麦門冬藤李檜
杦柏樫櫟椿楮楊梅々槻蘗禽獣則有鷹
晨風鳩山鶏鵠熊狼猪康莵獼猴飛鼯
川
斐伊川郡家正西五十七歩西流入出雲郡多義
村有年魚麻須海潮川源出意宇与大原二郡堺笑
村山北海有年魚少々須我小川源出須我山西流有年

給所宿故云御室凡諸山野所在草木苦参
桔[1]梗[a]菩茄白芷前胡独[2]活卑[3]解[4]葛根細辛茵
芋白芴説[b]月白斂女委暑預麦門冬藤李檜
杉柏樫櫟椿楮楊梅ゝ槻蘗禽獣則有鷹
晨風鳩山鶏[5]鴙[6]熊狼猪鹿菟獮猴飛𤢖
＊斐伊川郡家正西五十七歩西流入出雲郡多義
村（有年魚 麻須）海潮川源出意宇与大原二郡堺矣
村山北海（有年魚 少ゝ）須我小川源[7]出須我山西流（有 年

1 桔＝枯(細・倉)。
a 梗＝**蓬**に若干の虫損あり。
2 独＝猶(細)。
3 卑＝早(倉)。
4 解＝斛(細・倉)。
b 説＝**蓬**に透き写し時の滲みあり。
5 鶏＝雞(細)。
6 鴙＝雉(細・倉)。
＊頭書＝後時書込標目「川」(細・倉・**蓬**・日)。
7 源＝須(細・倉)。

魚少し佐世小川出阿用山之小海无魚幡屋小川源出郡
家東小幡箭山南流无魚水曰氷合正流入出雲
大川屋代小川出郡家正東正除田野西流
入斐伊大河无魚
通道通意宇郡堺木垣坂廿三里八十五歩通
仁多郡堺𡶶谷村廿三里一百八十二歩通飯石
郡堺斐伊河邊五十歩通出雲郡多義村一
十一里二百廿歩前件参郡並山野之中也

魚少〻佐世[a]小川出阿[1]用山之北海旡魚[2]幡屋小川源出郡[3]家東北幡箭山南流旡魚[4]水曰氷合正流入出雲大川屋代小川圡[5]郡家正東正除田野西流入斐伊大河[6]旡魚

通道通意宇郡堺木垣坂廾三里八十五歩通仁多郡堺辛[b]谷村廾三里一百八十二歩通飯石郡堺斐伊河邊五十歩通出雲郡多義村一十一里二百廾歩前件参郡並山野之中也[c]

---

a世＝蓬に一部虫損あり。

1阿＝河(細・倉)。

2 4 6旡＝无(細)。「旡」と「无」は通字。

3郡＝都(細・倉)。

5圡＝出(日)。日は当初「圡」と書記し、その「圡」字に重ねる形で加筆して「出」と書記。後時の加筆。→㉚。なお、倉も後時に一画加筆することで「出」と修訂する。

b辛＝蓬の独特の字形は「辛」字の変容形。倉も類似の字形であり、親本由来の字形の可能性がある。蓬から伝写された日は蓬と同じ字形。

c中＝蓬に一部虫損あり。

郡司主帳无位勝部臣

大領正六位上勲業勝臣

少領外從八位上額部臣

主政无位置臣

道度

自國東堺去西廿里二百八十歩至野城橋長

卅丈七尺廣二丈六尺 飯梨 阿 又西廿一里至國廳

意宇郡家北十家衢即分為二邊 一正西道 一枉北道 枉

北道去北四里二百六十六歩至郡北堺朝酌渡 八 恢

郡司主帳旡[1]位勝[a]部臣

大領正六位上勳業[2]勝臣

少領外従八位上額部臣

主政无[3]位置臣

*自国東堺去西廾里二百八十歩至野城橋長

卅丈七尺廣二丈六尺（飯梨 *阿）又西廾一里至国廳

意宇郡家北十家衝即分為二邊（一正西道 一柱北道）柱

北道去北四[4]里二百六十六歩至郡北堺朝酌渡

渡[5]　八

---

1 旡=无(細)。「旡」と「无」は通字。

a 勝=蓬に一部虫損あり。

2 業=十二等(細・倉)。↓47オ「5業」

3 无=旡(倉・日)。「无」と「旡」は通字。

*頭書=後時書込標目「道度」(細・倉・蓬・日)。

*阿=蓬の用字に不審が存するのは透き写し時の墨の滲みによる。細・倉も「阿」。日は当初「阿」とし、水消しして「川」とする。↓㉛

4 四=曰(細・倉)。

5 渡=後(細・倉)。

十歩渡
舡一　又北一十里一百卌歩至嶋根郡家自郡家去北
一十七里一百八十歩至隠岐渡千酌驛家湊度
舡
又自郡家西一十五里八十歩至郡西堺佐太橋
長三丈廣一丈佐太川又西八里三百歩至夜秋鹿
又自郡家西一十五里一百歩至郡西堺又西八
里二百六十四歩至楯縫郡家又自郡家西七里
一百六十歩至郡西堺又西一十里二百廿歩出
雲郡家東邊即入正西道也惣狂北道程九

（十歩渡[1]船一）又北一十里一百卌[2]歩至嶋根郡家自郡家去北

[3]一十七里一百八十歩至隠岐渡千酌驛家濵（度船）

又自郡家西一十五里八十歩至郡西堺佐太橋

長三丈廣一丈（佐太川）[4]又西八里三[a]百歩至夜秋鹿

又自郡家西一十五里一百歩至郡西堺又西八

里二百六十四歩至楯[5]縫郡家又自郡家西七里

一[b]百六十[c]歩至郡西堺又西一十里二百廾歩出

雲[d]郡家東邊即入正西道也惣狂[6]北道程九[e]

1渡＝後(細・倉)。**蓬**・日は当初「後」と書き、抹消して「渡」と修訂する。→(51)

2卌＝卅(日)。

3一十＝千千(細・倉)。

4又＝細・倉は「又」の上に前条の「又自郡家……割注〔佐太川〕」の二十八字を再度書く。

a三＝**蓬**は当初「二」と書記し、校訂時に加筆して「三」とする。

5楯＝細・倉の字形は「楯」の草書を楷形化した字形。

b一＝**蓬**の「一」の右にあるのは紙漉き屑。

c十＝**蓬**の「十」の右下は紙漉き屑によるもの。

d雲＝**蓬**に若干の虫損あり。

6狂＝枉(日)。日は「狂」と書記後に「枉」と修訂。→(32)

e九＝**蓬**に一部虫損あり。

十九里一百一十歩之中隠岐道一十七里一百八
十歩正西道自十字衢西一十二里至野代
橋長六丈廣一丈五尺又西七里至玉作街即
分為二道 一正西道 一在南道 十四里二百一十歩至郡南
西堺又南廿三里八十五歩至大原郡家即分
為二道 一南西道 一東南道 南西道五十七歩至斐伊
河 度廿五歩 度船一 又南西廿九里一百八十歩至飯石
郡家又自郡家南八十里至國南西堺 通備後國 三次郡

十九里一百一十歩之中隠岐道一十七[a]里一百八
十歩正西道自十字御西一十二里至野代
橋長六丈廣一丈五尺又西七里至玉作街即
分為二道（一正西道 一在南道）十四里二百一十歩至郡南
西堺又南廾三里八十五歩至大原郡家即分
為二道（一南西道 一東南道）南西道五十七歩至斐伊
河（度[1]廾[b]五歩 度舩一）又南西廾九里一百八十歩至飯石
郡家又自郡家南八十里[c]至国南西堺（通[d]備後国 三以郡）

---

a七＝蓬に一部虫損あり。

1度＝細・倉の字形は「度」の草書。

b廾＝蓬の字形はやや特異であるが、後補修訂等はない。日においても同じ本文状況にある。

c里＝蓬に一部虫損あり。

d通＝蓬に一部虫損あり。

惣去國程一百六十六里二百五十七歩也東南
道自郡家去廿三里一百八十二歩至郡東南
堺又東南十六里二百卅六歩至仁多郡比々理
村分為二道一道東八里一百廿一歩至仁多郡
家一道南卅八里一百廿一歩正西道自玉作街
西九里至来待橋長八丈廣一丈三尺又西廿三
里廿四歩至郡西堺出雲河 度五十歩船一 又自郡
家西二里六十歩至郡西堺出雲河 度五十歩 度船一

惣去国程[1]一百六十六里[a]二百五十七歩也東南
道自郡家去廾三里一百八十二歩至郡東南
堺又東南十六里二百卌六歩至仁多郡比々理
村分為二道[2]一道東八里一百廾一歩至仁多郡[b]
家一道南卌[c]八里一百廾一歩[*]正西道自玉作街
西[d]九里至未[e]待橋長八丈廣一丈三尺又西廾[3]三
里卌四歩至[f]郡[*]西堺出雲河（度五十歩船一）又自郡
家[g]西[h]二里六十歩至郡西堺出雲河（度五十歩度船一）

1程＝細・倉は「程」の「禾」が「ネ」で記される異体字。
a里＝蓬に若干の虫損あり。
2一道＝ナシ(倉)。
b郡＝蓬に若干の虫損あり。
c卌・d西・e未・f至＝fは文字下。蓬に後時の異物による汚損あり。
＊歩＝鈔には「歩」字の下に「備後国堺至遊託山」の八字が存在する。本文の脱落と見られる。
3廾＝卅(倉)。
＊郡……＝「郡西堺出雲河度五十歩船一」は次行にほぼ同文があり、衍入と見られる。鈔にはこの箇所に「出雲郡家」の四字が存在し、文意が通じる。
g家＝蓬に若干の虫損あり。
h西＝蓬、用字の不審は文字上に押紙のあることによる。

又西七里廾五歩至神門郡家即有河度廾五歩度舩
一自郡家西卅三里至国西堺通石見国安農郡
惣者国程一百六里二百歩卅四歩

驛

自東堺去西廾里一百八十歩至野城驛又西
廾一里至黒田驛即分為二道一正西道一度隠岐国道隠岐道
去北卅四里一百卅歩至隠岐渡千酌驛又正西
道卅八里至客道驛又西廾六里二百廾九歩
至狭結驛又西一十九里至多岐驛又西一十四

又[a]西七里卄五歩至神門郡家即有河度卄五歩度船[b]

一自郡家西卌三里至国[1]西堺通石見国[2]安農郡

惣者国[3]程[4]一百六里二百歩卌四歩

＊自東堺去西卄里一百八十歩至野城驛[5]又西卄一里至黒田[6]驛即分為二通一正西道一度隠岐国[7]道 隠岐道去北[8]卅四里一百卌歩至隠岐渡千酌驛又正西道卅八里至客[9]道驛[10]又西卄六里二百卄九歩至狭結驛[11]又西一十九里至多岐驛[12]又西一十四

---

a 又＝蓬に若干の虫損あり。

b 船＝蓬に一部虫損あり。

1 2 3 国＝國(細・倉)。

4 程＝細・倉・蓬・日の字形は62ウ「1程」で示した異体字形。

＊頭書＝後時書込標目「驛」(細・倉・蓬・日)。

5 10 驛＝駅(倉)。

6 田＝ナシ(倉)。

7 国＝國(細)。

8 北＝比(細)。

9 客＝害(細・倉)。

11 12 驛＝駅(細・倉)。

里至國西堺
團阜宇軍團即屬郡家能谷軍團飯石郡
家東北卅九里一百八十歩神門軍團郡家
正東七里馬見烽出雲郡家西北卅二里二百卌
歩土椋熀神門郡家烽戍東南四里多夫志烽
出雲家北一十三里卅歩布自美烽嶋根郡
家正南七里二百一十里暑恒烽意宇郡家正
東廿里八十歩宅波式門郡家西南卅一里

里至国[1]西堺
圍皁宇軍圍即属郡家能[2]谷軍圍飯石郡
家東北廾九里一百八十歩神門軍圍郡家
正東七里馬見烽出雲郡家西北卌二里二百卌[a]
歩圡椋煥神門郡家烽[3]或[4]東南[b]四里多夫志烽
出雲家北一十三里卌歩布目[5]美烽嶋根郡
家正南七里二百一十里暑恒烽意宇郡家正
東[c]廾里八十歩宅[d]波式門郡家西南卅一里

1国＝國(細・倉)。蓬に一部虫損あり。
2能＝日は「熊」字に見えるが、烈火点は後時別筆で、原字は「能」。→㉝
a卌＝蓬に一部虫損あり。
3烽＝細・倉は偏が「女」。
4或＝式(細・倉)。
b南＝蓬の文字に一部押紙が被る。
5目＝日は「自」字に見えるが、第一画の「ノ」は後時別筆で、原字は「目」。→㉞
c東＝蓬に若干の虫損あり。
d宅＝蓬に一部虫損あり。

瀬埼式嶋根郡家東小一十九里一百八十歩
天平五年二月卅日勘造秋鹿郡人神宅臣
金太理
国造帯意宇郡大領外正六位上勲業出雲臣
廣嶋

瀬[a]埼式[1]嶋根郡家東北一十九里一百[b]八十歩
天平五年二月卅日勘造秋鹿郡人神宅臣
金[2]太理
国[3]造帯意宇都[4]大領外正六位上勳業[5]出雲臣
廣嶋

a瀬＝蓬に一部虫損あり。
1式＝或(倉)。倉は当丁が欠落し、鈔の本文により後補。鈔は「或」。
b百＝蓬に一部虫損あり。
2金＝全(倉)。倉は当丁が欠落し、鈔の本文により後補。鈔は「全」。
3国＝國(細・倉)。鈔は「国」。
4都＝郡(倉)。倉は当丁が欠落し、鈔の本文により後補。鈔は「郡」。
5業＝十二等(細)。↓47オ「5業」

—65 オ—

—64 ウ—

—裏表紙（ウ）—

—65 ウ—

―裏表紙―

蓬左文庫本から日御碕本へ——『出雲國風土記』写本考——

以下は、『萬葉集研究』第三十六集（二〇一六年一二月、塙書房）に発表したものである。発表時の内容を大きく変えるものではないが、一部修訂したり、加筆している箇所がある。ご了解いただきたい。

はじめに

『出雲國風土記』は書写年代の古い写本に恵まれず、結果的に極上の本文を有する写本が無い。ここに取り上げる蓬左文庫本及び日御碕本においても、写本情況は例外でない。ただ両本は伝本上の親子関係が明らかであると共に、現存『出雲國風土記』の中では倉野本や細川家本と並ぶ古姿を有する。また、参照すべき本文を有している。こうした本文実態と伝本上の経緯について、この調査報告で明らかにしたい。

細川家本の奥書は細川幽斎自筆であることが、花押から判明する。即ち奥書には、

以江戸内府御本、令書写、遂一校畢。／慶長二年冬十月望前三日。／丹山隠士（花押）。

（／は段落改行を示す。）

とあり、「江戸内府御本」を書写させ、校合したことが明示され、年代の判明する最古の写本である（慶長二年は一五九七年）。この細川家本と倉野本（倉野氏甲本）とは本文内容が極めて近く、加藤義成氏による「再脱落本系」

に属し、「古姿を伝へてゐるもの」(1)とある（三一七頁）。倉野本について、加藤義成氏は「細川家本に次いで古姿を存する本」（三一八頁）とするが、田中卓氏は「現存最古の出雲(国)風土記古写本」(2)とする。倉野本と細川家本は、右で指摘されるように、古姿を有する古写本として貴重なものである。蓬左文庫本もこの古姿グループに属するものであるが、同一系統本ではない。

蓬左文庫本は名古屋市が蔵する写本で、徳川本とか徳川家本とも称される。冒頭に「御本」の角印があり、敬公徳川義直による集書本である。「御本」印について、川瀬一馬氏(3)によると、三種（甲種・乙種・丙種）の印面のあることが指摘され、「御本」印が「駿河御譲本」に直結するものでないことが明らかにされている。蓬左文庫本『出雲國風土記』は乙種印(4)である。

この蓬左文庫本『出雲國風土記』について「江戸内府御本」と見るむきがあるが(5)、川瀬一馬氏(6)や跡部佳子氏(7)の考察によって見るに「駿河御譲本」ではなく、また『大日本古文書』第十二編之二十四の元和二年（一六一六）四月十一日条の目録（二五六～三二三頁）を見ても「駿河御譲本」でないことが明らかとなる(8)。加うるに、以下に示す当調査によって、蓬左文庫本は細川家本や倉野本とは本文系統を異にすることが明らかであり、「江戸内府御本」書写本である細川家本とは系統が異なる本になる。

山本祐子氏(9)は、徳川義直公の蔵書について次のように四分類した。

(1)駿河御譲本　／　(2)義直による購入本（新写本含む）　／　(3)献上本　／　(4)撰述書・編纂書

この内、「駿河御譲本」(1)ではなく、また義直公自身による「撰述書・編纂書」(4)でもなくて、「義直による購入本（新写本含む）」(2)もしくは「献上本」(3)になる。

蓬左文庫の目録によると、義直公存命中の『寛永目録』二冊（蓬左文庫、一四八―一二三）には、『出雲國風土記』について全くの記載が無く、『慶安四年尾張目録』[10]に「出雲風土記　一冊」として掲載される。また『寛政目録』[11]に「出雲國風土記　三十八　寫本一冊」（第二冊四一丁オ）とあり、その横に「此御本慶安御目録ニ有之」と記されていて、『寛永目録』の不載を明らかにする。なお、『御文庫御書物便覧』[12]に「源敬様御書物」（「源敬様」は敬公徳川義直）として「出雲國風土記　寫本　一冊」（第四冊、天部地誌類）として載り、同風土記についての一般的事項が若干記載される。

以上によると、蓬左文庫本『出雲國風土記』は、義直公による購入本、或いは献上を受けた本になるが、具体的な次第を絞り込むことは困難である。前記の山本祐子氏も「義直　書籍購入年次表」（表二）の末尾に「購入本かどうか確認できないものや、新写本も含まれている」（(一)論の一二頁）とする。

さて、蓬左文庫本の藍紙表紙に打ち付けに金泥で記される「出雲國風土記」の字は、徳川義直公の字とされ[13]、また本文の書写者は「堀杏庵の筆ではあるまいか」（田中卓氏[14]）ともされる。蓬左文庫本を転写した人物（則ち日御碕本の書写担当者）は、義直公の右筆[15]に違いないが、蓬左文庫本自体は義直公が入手した本であり（献上本を含む）、その書写者は不明になる。

蓬左文庫本の本文は、倉野本や細川家本とは異なるものの、大きくは「再脱落本系」に属する。加藤義成氏が「出雲国風土記は、一度かなり判読し難い草体の書写を経たらしく[16]」と言及する。それは『出雲國風土記』の本文整定において常に直面する事項であり、もっともな指摘である。蓬左文庫本も倉野本も細川家本も、ある一つの親本に連なる[17]はずであり、その系統の或る段階の本が極度に崩された草書系の本であったと推定され、それを承ける本になる。その草体字を誤認した文字を多く見かけるのが倉野本や細川家本（江戸内府御本系）であり、草書判読の少しは正確かと見られるのが蓬左文庫本・日御碕本（の親本）である。

一　蓬左文庫本と日御碕本の概要

日御碕本はその大尾に、次のような徳川義直公自筆の日御碕神社への寄進の辞がある（寛永十一年は一六三四年）。
日本風土記六十六巻、今纔存出雲國記一冊而已。是神國之徴兆也。依為當國之霊物奉寄進日御崎社者也。／寛永十一年秋七月日。／従二位行権大納言。／源朝臣義直（花押）。　（／は段落改行を示す。）

この献辞は蓬左文庫本と日御碕本の関係を如実に示す。即ち、親本・子本の関係がここに明らかである。これによると、日御碕本は蓬左文庫本の模写臨模本と見られるが、事はそう単純でない。

両本を一瞥して明らかになる事項を挙げておく。

蓬左文庫本は、返点及び付訓の無い白文の本であり、透き写し用の薄紙に筆記して袋綴じにし、親本の姿をそのままに伝えている可能性がある。白文であるが、極く一部に本文注記と頭注が有る。朱記、朱点の類は無い。江戸期における享受の常であるが、和紙小片（押紙）を貼る形での本文校異や本文修訂が見られる。後時の加筆であり、蓬左文庫本の原姿でない。この紙片貼付けは本文の傍らになされるが、時に原文の上に冠せる形で貼られることがあり、留意を要する（三―Ⅷ、参照）。また、書き込みの無い白紙（不審紙）が行間に貼られる箇所も少なくない。現代の付箋《ポストイット》貼り込みに相当する。この中には一部に本文に重ねる形で貼り込まれる場合がある。中には「郡家正東」（意宇郡「教昊寺」条、10オ2）の「家」字全体に被っている場合がある。いずれの場合も、本文読み取りに関しては無関係と言ってよい状態にある（焼き付け写真では、この実態を読み取ることが出来ない。原本によってのみ見ることの出来る現状である）。この種のものには言及しない。虫損箇所については裏打ちが施され、文字が白く抜けていて判読し難い箇所がある（三―Ⅷ、参照）。

日御碕本は、写真影印本によって明らかであるが、[18]返点・熟合符（音合符・訓合符）及び片仮名付訓を有する。これは献納後に出雲の地において施されたものと見られ、伝本の多くの付訓とおおむね合致する。[19]

日御碕本についての大きな留意点は、蓬左文庫本の透き写しや臨模の本ではないということである。日御碕本と蓬左文庫本において、おおむねは丁数行数の一致を見るが、完全に一致するものではなく、時に丁の表裏を異にする場合がある。また、臨写時に本文が改訂されていることがある。こうしたことについて、以下の事例で指摘するが、時にその改訂の筆が日御碕本だけではなくて蓬左文庫本に及んでいることがある。

加藤義成氏は日御碕本について「徳川家本とは書体も同じい」[20]とする。「徳川家本」とは蓬左文庫本のことである。筆記総体の趣きは似ているが、それは親本の字形が忠実に写されたためであり（これが書写の原則）、一字一字の用字の細部を検討すると明らかに別筆である。蓬左文庫本は徳川義直公が何らかの機縁で入手した写本であり、日御碕本は義直公が右筆に書写せしめた本と考えられる側面からも、別筆ということに落ち着く。これを裏返すと、蓬左文庫本は堀杏庵が書写して義直公に献納した本であり、かつ日御碕本は義直公が右筆堀杏庵に書写させた本であるという推定を打ち消すことになる。↓註（14）（15）、参照。

加藤義成氏は「徳川家本と日御碕本その他」の項を設け、[21]「再脱落本」の内、「細川・倉野両本を除く他の諸本」との比照を行っているが、表面的・概括的な縦覧に終わってしまっている。

ここに、蓬左文庫本から日御碕本へどのようにして本文が写されたかという一々を見てゆくが、その前に順序として、蓬左文庫本と倉野本・細川家本とが相違している箇所をまず確認しておく。

二　蓬左文庫本の位置

『出雲國風土記』本文について、倉野本（略称、倉）・細川家本（略称、細）・日御碕本（略称、日）・岸崎時照著『出雲國風土記鈔』（島根大学蔵桑原文庫四冊本）(22)の本文及び『萬葉緯』本文等によって私が校定した原文において、倉野本・細川家本の本文が異なる場合について、蓬左文庫本（略称、蓬）本文と日御碕本本文とを掲げ、比照する。まず上部に該当本文の前後を筆者校訂の本文によって掲げ、検討箇所に傍線を付して示す。

＊（01ウ3）などは、写本での「丁数・表裏・行数」を示す。
＊ⓐⓑⓒについては後に示す。

ⓐ所以号出雲者――芳（倉・細01ウ3）……号出（蓬01ウ3）……号出（日01ウ3）
神須佐乃袁命――素（倉・細06オ7）……烏（蓬06オ8）……烏（日06オ8）
即撎訴云――訢（倉・細06ウ7）……訴（蓬06ウ7）……訴（日06ウ7）
殺捕已訖――説（倉・細07オ5）……訖（蓬07オ5）……訖（日07オ5）
経六十歳――辛（倉・細07オ7）……六十（蓬07オ7）……六十（日07オ7）
ⓑ故云山國也――□（倉・細07ウ2）……云（蓬07ウ2）……云（日07ウ2）
佐久佐壮丁命―丁状（倉・細08オ1）……日古（蓬08オ1）……日古（日08オ1）
伊弉奈枳乃――時（倉・細09オ5）……弉（蓬09オ5）……弉（日09オ5）
或海中沿洲――洌（倉・細09ウ7）……洲（蓬09ウ7）……洲（日09ウ7）
ⓒ日集成市――印（倉・細09ウ7）……予（蓬09ウ7）……予（日09ウ7）
宇由比社――字（倉・細11オ6）……宇（蓬11オ6）……宇（日11オ6）

毛社乃社―――祢（倉・細11オ6）……社（蓬11オ6）………社（日11オ6）
高良畺―――梁量（倉・細12オ3）……良姜（蓬12オ3）……良姜（日12オ3）
百部根貫衆―――衣（倉・細12オ4）……衆（蓬12オ4）………衆（日12オ4）
商陸高本―――□（倉・細12オ5）…＊商（蓬12オ4）………商（日12オ4）
＊（「商」は「商」の異体字形。）
赤桐白桐―――相・相（倉・細12オ6）……桐・桐（蓬12オ6）…桐・桐（日12オ6）
至繁多―――主蘩金（倉・細12ウ1）……至繁多（蓬12ウ1）…至繁多（日12ウ1）
伊具比―――件（倉・細12ウ6）……伊（蓬12ウ6）………伊（日12ウ6）
西流至山田村―――主（倉・細13オ4）……至（蓬13オ4）………至（日13オ4）
手掬許木一株―――探（倉・細13ウ3）……掬（蓬13ウ3）………掬（日13ウ3）
右は国総記及び意宇郡条での事例である。他の八郡・巻末記も同様に指摘出来る。冒頭例ⓐで説明する。
所以号出雲者―――芳（倉・細01ウ3）……号出（蓬01ウ3）……号出（日01ウ3）
出雲国の「国号由来」[23]条の「所以号出雲者」（出雲と号《なづ》くる所以《ゆゑ》は）の箇所において、倉野本と細川家本の一丁裏三行目（通常は、各本の丁数行数は一致）の「号出」が「芳」一字になっている。対して、蓬左文庫本には「号出」とあり、これは日御碕本も蓬左文庫本と同一の用字情況にあることを示している。

蓬左文庫本と日御碕本は親子関係であるから用字の同一は当然の情況となるが、ここに見られるように、これら四本においては同一の「再脱落本系」でありながら、文字情況を異にすることが一目瞭然である。蓬左文庫本は「江戸内府御本」を写したものでなく、「江戸内府御本」とは系統を異にすると明言できる。

右に事例を列挙したものの内、ⓐⓑⓒとマークした事例について、若干言及する。

ⓐの「号出」条は『釈日本紀』（前田家本、巻廿三）に「号出雲者」とあり、この「残存本文」[24]により「芳」は「号」字の誤写であり、「出」字の脱落が確認でき、蓬左文庫本が正当な本文を伝えていることが明らかである。

ⓑとマークした事例は意宇郡「山國郷」条（07ウ2）である。この箇所は、倉野本・細川家本において、親本における虫損由来と推測される空格□になっている。蓬左文庫本や日御碕本においてはこの箇所に「云」の文字があるが、蓬左文庫本の用字「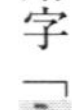」ⓑは別筆である。蓬左文庫本の常用字形は「」（08オ3の字例）である。一見似ているが、常用字形は第一画が第二画と並行になる筆癖の字形である。しかし、ⓑの箇所では第一画が斜めに入っていて筆遣いが異なる。また、日御碕本における「云」も明らかな別筆書き込みである（その別筆は、日御碕本とも蓬左文庫本とも異なり、蓬左文庫本への書き込みの字とも異なる。日御碕本への書き込みは墨色が異なり、後時書き込みと推測される）。即ち、蓬左文庫本や日御碕本も、写本の原姿では空格であったと見られる（なお倉野本においても空格に別筆小字で「云」の書き込みがある）。以上の次第で、このⓑの事例は四本共に本文が同一情況（空格□）であることになり、当事例から削除するのが良い。

次にⓒの事例は意宇郡「忌部神戸」条下の「神湯」条である。そこに示した倉野本・細川家本の「印」や蓬左文庫本・日御碕本の「予」は、「市」の一字形と見られる。よって、挙例からは外す事例になる。

三　蓬左文庫本から日御碕本へ

蓬左文庫本は親本であり、日御碕本はその直接の書写本であるので、本文は同一のはずである。しかるに、以下の（Ⅰ）～（Ⅶ）に示すような両本の異なりがある。別に、（Ⅷ）（Ⅸ）として参考事項を付記する。

（Ⅰ）古態用字への変改

この古態用字への変改例は、次に挙げる「處」字以外については無いと見られる。この「処・處」の事例については目に付くので、ここに挙げておく。

(01)山野濵浦之處——処（蓬01オ8）……處（日01オ8）

全字例が変改されているわけではない。当然のことながら、蓬左文庫本において「處」とある事例が存在し（左は代表例）、その箇所は日御碕本においても「處」とある。

(02)来坐此處而詔——處（蓬07ウ1）……處（日07ウ1）

「処」字をそのまま「処」字で書写する例は、次のような事例である。

(03)所産生處也——処（蓬22オ1）……処（日22オ1）

(04)三處郷——処（蓬52オ2）……処（日52オ2）

蓬左文庫本の「処」をそのまま「処」字で書写する例は二二丁表の二例・五二丁表の一例・同丁裏の三例・五三丁表の二例（計八例）に限られる。逆に、蓬左文庫本における「處」字を日御碕本において「処」と書く例は無い。

「処」字は「處」字の省文であるが、上代において「処」字を用いることは無く、[25]「處」字が専らその異体字形で使用される。蓬左文庫本・日御碕本の「處」字も異体字形「」である（掲出字は蓬左文庫本08オ6の字形例）。尾張の地において、蓬左文庫本の写本（日御碕本）を作成した義直公の右筆はこうした上代の用字情況に通じた人物であったかと想定出来るが、実は以下で指摘する比校本（証本）に拠った結果であり、「変改」ではないと考えられる。

（Ⅱ）日御碕本における本文修訂

倉野本や細川家本では正しい用字でありながら、蓬左文庫本（或いは蓬左文庫本の親本）において誤写している事例がある。しかし、日御碕本においては正しいと考定される用字で写されている事例をここに掲げる。

⑸有黒田村――村（倉・細09オ1）……材（蓬09オ1）……村（日09オ1）――意宇郡「黒田驛」条

⑹神門郡門立村――村（倉・細50ウ8）……材（蓬50ウ8）……村（日50ウ8）――飯石郡「須佐川」条

今の場合、蓬左文庫本の用字は「」（09オ1）「」（50ウ8）である。「与曽紀村」（飯石郡「通道」条）という「村」の字例（「」蓬左文庫本51オ7）があり、蓬左文庫本の「材」字が「村」の字形でないことは明らかである。日御碕本の用字を「村」と右に示したが、日御碕本の用字は「村」と「材」の中間的な字形で書かれている。他の箇所では日御碕本において「村」の旁の「寸」の点が左から右に正確に書かれている（意宇郡非神祇官社条の「田村社」の「村」11オ7、意宇郡川池条の「来待川」中の「山田村」の「村」13オ4など）。そういう意味で中間的な字形になっているが、文字意識としては「村」で書かれている字と見られる。

⑺〔捕志毗魚〕澹――志（倉・細20オ5）……（蓬20オ4）……志（日20オ4）

――嶋根郡島浜崎浦門（1）「盗道濱」条

同じ割注が前後に出るが、「盗道濱」条の事例である。右の蓬左文庫本も恐らく「志」字であろうが、「急」の上部を取り去ったような特異な字形である。日御碕本は「」らしい字を書いた後に、「抹消」して「志」と書いている。この「抹消」[26]について言及する。蓬左文庫本は透き写し用の薄手の紙が使用される為に刀子の利用は困難であり、「水消し」によって文字の抹消が行われている。一方、日御碕本は厚手上質の「楮紙」[27]が用いられ、刀子が使用されると共に水消しも併用される場合がある。刀子による抹消で用紙が薄くなった際には、上に薄手の和紙が貼られる場合がある。貼紙による色か、糊によるものかは判然としないが、貼紙箇所に薄く色が着いた状態になっている。そこへやや濃い筆で修訂字が書き込まれる。この事例を「修訂A」と名付けて以下見て行く（以下、「修訂D」まで設定し区分する。「修訂A～D」は日御碕本に関する修訂区分である）。この「修訂A」は尾張徳川藩において、日御碕本を書写した時の本文修訂と見られる。⑦の「志」字への修訂が「修訂A」である。

「捕志毗魚」の句は、同行上部、次行、次々行に出るので比校本を見るまでもなく、この箇所は「志」が本来の字であると判明する。蓬左文庫本の同丁の他例は、癖は存するものの明確に「志」の字形である。なお、この「志」字において蓬左文庫本の用字は上部が「士」と上が長く、日御碕本は「土」と上が短い用字であり、両本の筆は明らかに手が異なると確認できる。手の違いでは、例えば蓬左文庫本の「虽」（「虫」の異体字で当時の一般的な用字形）に対し、日御碕本は「虫」（両本共に、22ウ2「虫津濱」条）となっているのも両本の手が異なる事例である。

⑧雖風太静――雖（倉・細27ウ5）……虽（蓬27ウ5）……雖（日27ウ5）――秋鹿郡・大海浜島「恵曇濱」条

本文「太」の箇所は写本各本で重点「〻」になっているが、これについて今は問わない。「雖」の字が蓬左文庫本で「虽」とあるのは誤字でなく、「雖」字の部首「隹」を略した省文にすぎない（「口」は異体で「ム」となる）。日御碕本でも一旦は蓬左文庫本の用字「虽」を写し、その後に墨色の異なる別筆で「虽」の右に「雖」字の部首「隹」が加筆される（「隹」はやや右にはみ出す感じである）。よって、日御碕本の本文は原態の「虽」と見るのが良い。その加筆時期は出雲における後時と見られる。これを「修訂C」とする。

⑨御子之哭由――由（倉・細53オ1）……田（蓬53オ1）……由（日53オ1）――仁多郡「三澤郷」条

蓬左文庫本は「田」と誤る。日御碕本も「田」と写すが、後に墨色の異なる手により加筆して「由」とする。

「田」の上部に加筆すれば「由」字になるが、そうするのでなく、「田」字に重ねる形で今一度「由」字全体を重ね書きする。これを「修訂B」とする。

（Ⅲ）日御碕本における本文の独自修訂

倉野本・細川家本・蓬左文庫本の三本ともに誤写している場合に、日御碕本では正しいと考定される用字で写している事例がある。以下、その事例を挙げる。

⑩外少初位上――祠（倉・細14オ3）……祠（蓬14オ3）……初（日14オ3）――意宇郡「郡末記」条

右の事例で、倉野本・細川家本・蓬左文庫本三本の「祠」の用字形は「祠」である。ところが日御碕本は正しい「初」字で記している。この日御碕本の箇所をよく見ると「初」の下に消した字影がある。即ち「祠」（祠）と書写した後に、旁の「司」の箇所を「修訂A」により抹消し「刀」と書いている（偏は「ネ」のままである）。今の場合、刀子を用いた後に、上に薄手の紙を貼って書いている。その「初」の字は日御碕本47ウ1の用字と同筆と見られ、尾張藩での手と判明する。比校本を参照しつつ修訂したと見られる。

⑪其猪之跡亡失――壬（倉・細24ウ3）……壬（蓬24ウ3）……亡（日24ウ3）――秋鹿郡「大野郷」条

⑫猪之跡亡失詔――六（倉・細24ウ4）……六（蓬24ウ4）……亡（日24ウ4）――秋鹿郡「大野郷」条

日御碕本の右の条でも、某字（「壬」「六」に違いない）を書いた後に、二か所共に抹消して、「亡」と書き直している。「修訂A」と認定できる。⑩の「少初位」の例は文の前後の意から容易に批正し得る事例であるが、右の⑪「壬失」、⑫「六失」の事例は比校本に基づいた修正に違いない。倉野本・細川家本と異なる本文に批正しているのであり、「江戸内府御本」系の本を見たのではないことが明らかである。

⑬然今人猶誤――命（倉・細24ウ4）……命（蓬24ウ4）……今（日24ウ4）――秋鹿郡「大野郷」条

日御碕本は某字（恐らく「命」字）を書いた後に、「修訂A」の刀子の擦り消しで抹消し「今」と書き直している。

⑭兎狐獮猴――猴（倉・細31ウ5）……猴（蓬31ウ5）………狐（日31ウ5）――楯縫郡「山所在草木禽獣」条

右に示した倉野本・細川家本・蓬左文庫本三本の「猴」は、その下にある「獮猴《さる》」の「猴」字と同一であり、何らかの錯誤による誤字と見られる。日御碕本はこれを「狐」と修訂する。意宇郡の「山野所在草木禽獣」条の「兎狐飛鼯獮猴之族」、秋鹿郡同条の「兎飛鼺狐獮猴」、及び出雲郡・神門郡の同条「兎狐獮猴飛鼯」から見て、楯縫郡の当条も「狐」の蓋然性は極めて高い。日御碕本が「狐」字にしたのは、そういう他郡の情況を調べての結果では恐らくなくて、比校本を参照しての訂正に違いない。当条においても日御碕本はまず「猴」とおぼしい字を書いた後に、「修訂A」により「狐」と書き直している。（追記）蓬左文庫本の傍書「狐」は（Ⅵ）と同じで、日御碕本修訂の手が蓬左文庫本の傍書に及んだものと見られる。（以上、追記）

⑮麻奈加比池――地（倉・細32オ3）……地（蓬32オ2）……池（日32オ2）――楯縫郡「川池」条

⑯長田池――地（倉・細32オ5）……地（蓬32オ4）……池（日32オ4）――楯縫郡「川池」条

右の⑮と⑯の間に、「大東池」と「沼田池」が出る。これは各本において「池」字とある（「赤市池」は各本に「赤市」とあり「池」字は出ない）。右の⑮⑯において、倉野本・細川家本・蓬左文庫本の三本は「地」と誤る。日御碕本は「地」と書写した後に、⑮⑯共に「修訂A」により「池」と訂している。

⑰大領外従七位下――位（倉・細33オ1）……位（蓬33オ1）……従（日33オ1）――楯縫郡「郡末記」条

倉野本・細川家本・蓬左文庫本の三本は、親本の段階でその下の「七位下」に引かれたのであろう、「位」

と誤る。日御碕本は、より墨色の濃い筆により「位」に重ね書きする形で「従」と訂している。「修訂C」と見る。

⑱都牟自社——目（倉・細37ウ6）……目（蓬37ウ6）……自（日37ウ6）——出雲郡「非神祇官社」条

「都牟自社」は「神祇官社」条にも出るが、ここは「非神祇官社」条で、写本に「都弁自社」とある箇所である。倉野本・細川家本・蓬左文庫本の三本は「目」と誤る。日御碕本も「目」と写すが、その後に、「目」字の上部に「ノ」を加筆して「自」とする。後補の書き込みと見られ、「修訂C」になる。

⑲五郡百姓便河而居——使（倉・細39オ5）……使（蓬39オ5）……便（日39オ5）——出雲郡「出雲大川」条

倉野本・細川家本・蓬左文庫本の三本は「使」と誤る。日御碕本も「使」と写すが、墨色の異なる筆により、「使」字に増画する形で「便」字とする。「修訂C」である。

⑳鴛鴦等之族也——俟（倉・細39ウ4）……俟（蓬39ウ4）……族（日39ウ4）——出雲郡「入海」条

「等」字は写本に「芳」とあるが今は問わない。倉野本・細川家本・蓬左文庫本の三本は「俟」と誤写する。日御碕本も「俟」と写すが、墨色の異なる手によって増画する形で「人偏」を「方偏」に変更し、「族」とする。その手は二字上の「芳」を見セ消チにし、右に「等」と書く手と同筆と見られる。出雲の地における「修訂C」である。

㉑二百一十歩——千（倉・細42ウ6）……千（蓬42ウ6）……十（日42ウ6）——神門郡「八野郷」条

倉野本・細川家本には「千」の下に「五」の字があるが今は問わない。「二百一千歩」という計数は明らかにおかしくて、「千」は「十」以外には無い。日御碕本はそういう計数判断によったものか、比校本に依ったのか明確でないが、「十」とある。ただしこの箇所もよく見ると「千」の第一画を消した痕跡があり、当初は「千」

と写されていたことが判明する。消去法は刀子によるものであり、「正東」（42ウ2—同丁同ウ）の「東」字の右下訓「ヨリ」を消したものと同質かと見られる。この認定が正しければ、出雲における、より後時の消去となる。付訓に対応する時期の修訂という意味から「修訂D」とする。

㉒卅六里——卌（倉・細47オ4）……卌（蓬47オ4）……卅（日47オ4）——神門郡「通道」条

「通同安農郡川相郷卅六里」とある箇所である。倉野本・細川家本・蓬左文庫本に「卌」とあり、日御碕本の「卅」は、「日御碕本における誤写」（三—Ⅶ）の可能性が存する。ここの本文は、伝本伝写上は「卌」になるからである。しかしながら、直前の記述に石見国安農郡多岐々山へは「卅三里」であるところから、「卌」は「卅」の誤写と見るのが妥当と考えられる。日御碕本は直前の記述「卅三里」（「多岐々山」）を勘案してここを「卅」としたものであろうか。或いは日御碕本による単純な誤写が結果的に正しい用字となった可能性も否定はできない。しかしながら、右のいずれでもなくて、座右の証本によって「卅」とした可能性も存する。紙面に修訂等の痕跡は全く存在しない。

㉓本字支自真——目（倉・細48オ3）……目（蓬48オ3）……自（日48オ3）——飯石郡郷里集覧「来嶋郷」条

「本字」の「本」について、今は問わない。倉野本・細川家本・蓬左文庫本の三本は「目」である。日御碕本でも当初の書写は「目」であることがその上に位置する「支」字との字間スペースから判明する。当初「目」と書写した後に、「目」字に「ノ」を加筆する。墨色の異なる手であり、後補別筆と推測されるが、何時頃の後補か、最終的な決め手に欠ける。いちおう「修訂C」と見ておく。

㉔改字多祢——旀（倉・細48ウ6）……旀（蓬48ウ6）……祢（日48ウ6）——飯石郡「多祢郷」条

倉野本・細川家本・蓬左文庫本三本の「旀」は「弥」字の異体字形で（「弓」の崩し字は「方」の崩し字に近い）、

ミ甲の萬葉仮名である。一方「祢」は萬葉仮名ネの用字である。「本字、種」（47ウ8）とあり、「祢」字が本来の本文になる。日御碕本には、文字の下に「旀」の字影が存し、その「旀」字を消すことなく、重ね書きの形で別筆により部首「ネ」が書かれる。「修訂B」と見られる。

㉕當有政時権置耳―推買（倉・細51ウ4）……堆買（蓬51ウ4）……権置（日51ウ4）――飯石郡郡末「通道」条

倉野本・細川家本・蓬左文庫本の三本は「堆買」とある。日御碕本でも当初は別の某字（恐らく「堆買」）を書き、書いた二字の全てを消去した後に「権置」と書く。修訂の文字に若干のぎこちなさが見られるが、筆遣いは本文の筆致と同筆と見られ、「修訂A」と認定する。

㉖所生子不云也――千（倉・細53オ8）……千（蓬53オ8）……子（日53オ8）――仁多郡「三澤郷」条

「不」字については今は問わない。(28) 倉野本・細川家本・蓬左文庫本の三本は「千」とある。日御碕本は「千」と書写した後に、上部に横画を加筆し、縦画を跳ねる形に加筆して「子」字とする。原本によると墨色の異なる手により、一字全体に亙る重ね書きがあり、「修訂B」になる。

㉗但當有政時――常（倉・細55ウ8）……常（蓬55ウ8）……當（日55ウ8）――仁多郡「通道」条末、割注部

右の箇所、日御碕本では、「常」字の下部をこの場合は水消しし加筆して「田」と修訂する。加筆の墨色は異なっており、「修訂C」と見る。

㉘以上捌郷別里叄――別（倉・細56ウ5）……別（蓬56ウ5）……捌（日56ウ5）――大原郡「郷里集覧」条、条末

倉野本・細川家本・蓬左文庫本の三本が「別」字であり、日御碕本も「別」という字を書写するが、「別」と書かれた後に、薄墨別筆で手偏が加筆される。出雲における後時の加筆である。

㉙故云城名樋也――三（倉・細59オ8）……三（蓬59オ8）……云（日59オ8）――大原郡・山野「城名樋山」条

倉野本・細川家本・蓬左文庫本の三本と共に日御碕本も「三」と書写するが、「三」と書いた後に、墨色のやや薄い別筆で加筆して「云」字にする。その「云」字は増画方式でなく、「三」に重ねる形で「云」字の全形を重ね書きしており、「修訂B」になる。なお、蓬左文庫本においては、書き込みの時期は不明であるが、丸マークの見セ消チが施され（見セ消チを網掛けで示した）、「三」字の右に薄墨で「云欤」の傍書がある。

㉚出郡家正東——玉（倉・細60ウ3）……玉（蓬60ウ3）……出（日60ウ3）——大原郡・川「屋代小川」条

倉野本・細川家本・蓬左文庫本の三本が「玉」。ただし、倉野本は初画に斜めの画が加筆され、一見すると「出」の行書形に見える。後時加筆であり、倉野本の原姿は「玉」である。「玉」字に第四画の点が有る事と、加筆された斜めの画の墨の濃淡（やや薄い）から判明する。こうした「玉」字の中で、日御碕本は「出」であるが、よく見ると「玉」と書写後に、上に文字全体を重ねる形で加筆して「出」字にしている。墨色がやや異なる。「修訂B」になる。日御碕本の通常の「出」の字形は一行前・二行前等にあり、「山」を二つ重ねる字形「」（60ウ2）である。それは蓬左文庫本における字形「」（60ウ2）でもある。ここは「玉」に重ねたために、そうした字形とは異なっている。

㉛飯梨河——阿（倉・細61オ6）……阿（蓬61オ6）……川（日61オ6）——大尾「道度」（一）条冒頭部割注

倉野本・細川家本・蓬左文庫本の三本が「阿」字。「野城橋」に関わる箇所であり、「飯梨カハ」であることは容易に推測がつく。カハの字を「阿」に誤っており「河」が原姿。ところが日御碕本は「川」にする。この「川」字の箇所を見ると、某字を消して書いている。「修訂A」である。「河」にしていないのは証本に拠ったためであろう。当項に「追記」がある。↓三三〇頁一〜三行、参照。

㉜惣枉北道程——狂（倉・細62オ2）……狂（蓬61ウ8）……枉（日61ウ8）——「道度」（二）「枉北道」条

倉野本・細川家本・蓬左文庫本の三本が「狂」字である。日御碕本には「枉」とあるが、よく見ると一旦「狂」と書いた後に、墨色の異なる手で獣偏に木偏を重ね書きして「枉」字とする。擦り消し・水消しの跡は確認出来ない。旁の「王」は原態のままであるが、木偏を重ね書きしており、「修訂B」であろう。

㉝熊谷軍團——能（倉・細63ウ2）……能（蓬63ウ2）……熊（日63ウ2）——巻末「軍団烽戍」条

倉野本・細川家本・蓬左文庫本の三本が「能」字である。日御碕本には「熊」とあるが、この箇所もよく見ると、当初は「能」と写し、後に別筆により烈火点を補っている。烈火点の後補は、その下の「谷」字との訓合符の縦線と同時かと見られる。「修訂C」である。

㉞布自枳美烽——目（倉・細63ウ6）……目（蓬63ウ6）……自（日63ウ6）——巻末「軍団烽戍」条

各本における「枳」字の脱落は今問わない。倉野本・細川家本・蓬左文庫本の三本が「目」字である。日御碕本は「自」になっているが、当初は「目」と写し、後に別筆により、「ノ」を「目」の上部に加筆する。墨色が異なる。後補の時期は不明である。

(Ⅳ) 日御碕本の本文修訂が蓬左文庫本に及んでいる例

次は嶋根郡の郡末記（郡末署名）の一部である。次頁の上に該当写真を掲げ、下にその翻字を示す。傍書は無視し、細川家本・蓬左文庫本・日御碕本共に、翻字における単線の傍線部については今問わない。

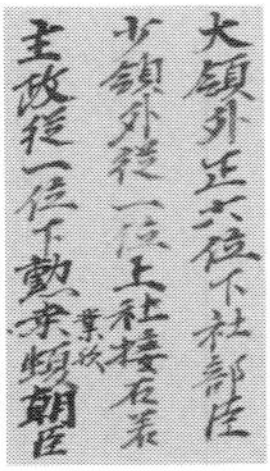

（細川家本23オ）

㉟大領外正六位下社部臣

㊱少領外従一位上社接石若

㊲主政従一位下勲業蝮朝臣

＊倉野本は細川家本㉟～㊲と同様の用字情況である。

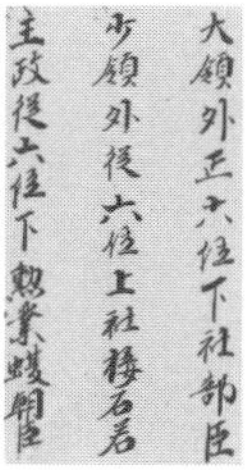
（蓬左文庫本23オ）

㊳大領外正六位下社部臣
㊴少領外従六位上社接石若
㊵主政従六位下勲業蝮朝臣

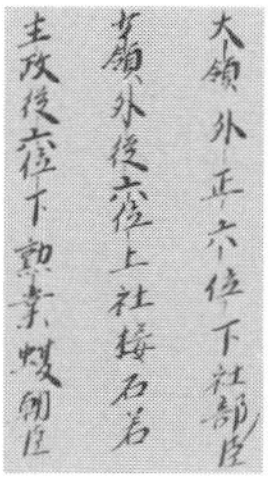
（日御碕本23オ）

㊶大領外正六位下社部臣
㊷少領外従六位上社接石若
㊸主政従六位下勲業蝮朝臣

この箇所は「大領外正六位下社部臣／少領外従六位上神掃石君／主政従六位下勲十二等蝮朝臣」とあるべき箇所で、この二重傍線部について留意したい。倉野本・細川家本における少領や主政の官位は大領の外正六位下を大きく凌いで外従一位上・従一位下とある。実は、蓬左文庫本の原姿も「外従一位上・従一位下」である。そのことを写本は伝えている。蓬左文庫本における「六」の用字形が同本の常用字形と異なる。蓬左文庫本の「六」の用字は、他の箇所では大領条㊳の用字形、即ち一見「十八」に近い字形が常用字形である。しかし、少領・主政条㊴㊵の用字形は一般的な「六」の字形である。これは当初の「一」字の上に別筆によって加筆の結果、独特の「六」の字形とは異なる用字形が出現している。この情況は日御碕本も同様である。日御碕本の第一次の書写情況は蓬左文庫本の用字のままに「従一位」と記された。字間が詰まっており、後の加筆の熟合符（音合符）からもこの間の事情が判明する。恐らく比校本によって「一」に誤認があることに気付き、「一」の上に加筆することで「六」と修訂されたと考えられる。墨色のより濃い字で修訂され「修訂A」に該当するが、この場合刀

子や水消しが入ることは情況上から無い。修訂された「六」の字は、日御碕本と蓬左文庫本で同筆と見られる。これを整理すると、

倉野本・細川家本に見られる「一」という系統本→蓬左文庫本「一」→日御碕本「一」→日御碕本における修訂「六」→蓬左文庫本における修訂「六」

という経過をとる。ただし、日御碕本の修訂と蓬左文庫本の修訂は、ほぼ同時並行的に尾張徳川家においてなされたと見てよい。

次に楯縫郡の郡末記（郡末署名）を見る。左の㊹㊺は校訂本文であり、丁数（丁オウ行）は写本での位置を示す。

㊹大領外従七位下勳十二等出雲臣（33オ1）

㊺少領外正六位下勳十二等高善史（33オ2）

㊹㊺の該当箇所は同じ「十二等」であるが、「等」の字は省文の「寸」（「ホ」に近い字形）になり、その「十二ホ」が合字一字化して多くの写本で「業」と筆写される箇所である。

㊹㊺十二等――東（倉・細33オ1・2）……業（蓬33オ1・2）……業（日33オ1・2）

倉野本や細川家本における「東」の字は草書をやや楷形化した「」（掲出字は細川家本33オ1の字形）である。日御碕本（修訂）や蓬左文庫本（水消し）は当初書記した字を抹消して「業」と上書きするが、消した元の字はこの「」と見られ、その字影の一部が薄く残存する。このように、修訂の手が日御碕本だけでなく、親本の蓬左文庫本にまで及ぶ。「業」字への変更は、日御碕本の場合、刀子と水消しの双方によって施され、蓬左文庫本と日御碕本との修訂は同時と見られ、墨色・筆跡も同筆である。これは日御碕神社に献納後のことでは勿論なく、尾張藩における写本（日御碕本）作成過程における作業と認められる。「修訂A」である。

㊻本字最邑——（倉・細42オ2）……邑（蓬42オ2）……邑（日42オ2）——神門郡郷駅等集覧「狭結驛」条

ここは「郷駅等集覧」の用字であり、続いて出る各郷駅条で再度出る。その各郷駅条では「最邑」（43ウ8）と確認出来る用字である。「邑」字の上の「口」の箇所が「ソ」の形に近くなるところから、倉野本・細川家本では「色」字に極めて近い字形「」（43ウ8）である（掲出字はいずれも細川家本による）。蓬左文庫本はまず「色」に近い用字を書き、後に「色」字の上部に「口」を重ね書きする形で「邑」と修訂する。修訂した「口」の墨色がその下の「巴」の墨色とは異なる。日御碕本でも同じ文字情況で「邑」とある。日御碕本は刀子か水消しかのいずれかによって文字上部の「ソ」の部分を削った後に、「」の第二画に重ねる形で加筆される。文字の下部「巴」は原字形のままである。「修訂A」に該当する。なお、四三丁裏八行目では上下が分離した形の「邑」字である。

㊼甚晝夜哭坐——書一（倉・細43オ2）……晝（蓬43オ2）……晝（日43オ2）——神門郡「高岸郷」条

「晝」（「昼」の旧字）が、倉野本や細川家本では分字して「書一」の二字となっている。その状況は蓬左文庫本や日御碕本においても全く同じ文字情況であるが、日御碕本・蓬左文庫本においては、下の「一」字を見セ消チにし、上の「書」字の下に「一」を加筆して「晝」字に修訂する。見セ消チと加筆があるので、蓬左文庫本と日御碕本の「晝」の字を□で囲んで示した。やはり日御碕本における修訂の筆が蓬左文庫本にも及ぶ例と見てよい。その見セ消チの「ヒ」マーク及び加筆の「一」字の手は両本同じと認められる。修訂区分におけるAかBかの判断は困難であるが、尾張の地における当初の修訂であることは間違いない。（三—Ⅵ）の55の事例から見ると「修訂A」か。

㊽叅向朝廷時——叄（倉・細53オ6）……參（蓬53オ6）……參（日53オ6）——仁多郡「三澤郷」条

倉野本・細川家本の「𠫓」の字形は多少崩れるが、「參」ではなく「𠫓」の字である。蓬左文庫本の当初の字は残存する薄い字影から「𠫓」と判読できる。一方、日御碕本は「𠫓」を書くことはなく、当初から「參」を書写する。これは比校本によったものであろう。その手が蓬左文庫本に及び、「𠫓」字の「三」の部分を水消しして「參」と上書きする。「𠫓」は数詞「三」の大字としてある。小野田光雄氏は動詞「叅」(參)と数詞「𠫓」の使い分けを指摘し、桑原祐子氏は使い分けの固定化を天平六年以降であるとする。(29) その意味からは、当所の校訂本文を「𠫓向」であると見るのが良いのかも知れない(『鈔』本文は「叅」)。

(追記)初発後、この(Ⅳ)の事例を見出したので、ここに追記する。蓬左文庫本において、「命」字(例えば1ウ3)と「令」字(例えば15ウ6)とは区別され書き分けられているが、時に「令」字の箇所に「命」を書いたり(42ウ8「令造屋給」の箇所)、「命」字の箇所に「令」を書いたりする例(48オ4「伊毗志都弊命」の箇所)がある。この「命」字と「令」字の混交現象(コンタミネーション)を起こしている例として、24オ6における「衝杵等乎与留比古命」の例がある(「命」の字形は影印を参照されたい。写本では「与」の箇所が「而」になっている)。また「令」字六例の内、二例が「今」(その用字は当時の常用字形の異体字「今」)になっている(29ウ7・31ウ1)。こういう、「命」字と「令」「今」字の用字背景があるからであろう。問題の箇所は、次の事例である。

石神者即是多伎都比古命——今(倉・細31オ8)……命(蓬31オ8)……命(日31オ8)

——楯縫郡・山「神名樋山」条

蓬左文庫本と日御碕本の「命」の字を□で囲んだのは修訂された結果の用字であるからであり、共に写本の原姿は「今」の異体字形である。その「今」の字に重ね書きする形で加筆され、「命」の字に修訂されているが、その用字は「命」の常用字形(同丁オには直前の5・6・7行目と三例も存在する)ではなく、先に示した24オ

6の「令」とのコンタミネーション字形としてある。即ち、「今」の異体字に重ねる形で「ア」と「点」とが加筆されている。当例も尾張藩において日御碕本を校正する作業過程の中で、その筆が蓬左文庫本に及んでいる事例としてある。蓬左文庫本翻刻では原姿の「今」で示し、脚注で簡単に言及した。（以上、追記）

（Ⅴ）日御碕本の修訂と蓬左文庫本の修訂の類似

Ⅳの「日御碕本の本文修訂が蓬左文庫本に及んでいる例」に類似し、Ⅳの区分に属するかとも見られるが、俄かな判断がためらわれる事例を「類似」として、ここに別置する。

㊾不在神祇官――石（倉・細―38オ2）……不（蓬―38オ2）……不（日―38オ2）――出雲郡非神祇官社末割注条

蓬左文庫本・日御碕本共に、「石」字を書いた後に、水消しして「不」とする。「修訂B」と見られる。

㊿不在神祇官――木（倉・細―44ウ7）……不（蓬―44ウ7）……不（日―44ウ7）――神門郡非神祇官社末割注条

蓬左文庫本及び日御碕本の文字を「不」と示したが、「不」とは見がたい面がある。それは当初書いた下の文字が消えずに残存しているからである。その下の用字は「木」である（蓬左文庫本は「本」字とも読めるが、それは虫損によるものである）。蓬左文庫本に「木」とあり、その「木」の字を日御碕本も書写し、抹消後に上書きして「不」と記すが、下の文字が充分に消えていない。日御碕本は「不」の全字を今一度重ね書きしており、「修訂B」となる。

(51)渡船一――後（倉・細―61オ8）……渡（蓬―61ウ1）……渡（日―61ウ1）――大尾「道度」（一）「朝酌渡」割注

倉野本・細川家本は「後」字である。日御碕本と蓬左文庫本はまず「後」と書き、その後修訂して両本共に「渡」とする。蓬左文庫本は水消しが充分でなく、消していない上に文字を重ねているように見え、「後」字の上に「渡」字が重なった状態である。一方、日御碕本は、偏は刀子で消し去られ、旁は水消しかと見られ元の字形がなお消えずに残る。その上へ重ね書きする。写真によるとこの情況がわかりにくくて、文字が滲んだように見える。墨の滲みでなく、下の文字と重なる故である。「修訂B」に該当する。

次の㊷㊸は、V（修訂の類似）の中でも、㊾〜㊿の事例とは性格が異なる。即ち、㊾〜㊿の事例は俄かな判断がためらわれる為に「類似」としたものであり、また㊷㊸は後時の修訂と見られるものである。

㊷白桐海榴楠——（倉・細31ウ4）……榴（蓬31ウ4）……榴（日31ウ4）——楯縫郡・山所在草木禽獣

倉野本・細川家本の「」（掲出字は細川家本による）は「榴」の異体字「橊」の草書形（「揩」「楷」に近くはあるが、文字としては「橊」）。ただ「」の字形認定の困難さから、蓬左文庫本及び日御碕本は某字を書記した上で抹消し「榴」と上書きする（「榴」の木偏は字形としては手偏）。日御碕本の修訂は「修訂A」。蓬左文庫本の修訂字形は日御碕本と同一でないと見られる。蓬左文庫本は旁の上部のみを消して修訂する。旁の上部の抹消は水消しであろう。

㊸无位物部臣——郡（倉・細32ウ8）……部（蓬32ウ8）……部（日32ウ8）——楯縫郡「郡末記」条

倉野本・細川家本の「郡」は「部」に近い中間的な字形である。蓬左文庫本の原姿は「郡」字と判読できる。日御碕本も下に薄く「郡」字が見え、当初「郡」字を書いた後に、旁のみ水消しし（この場合は「水消し」のみで刀子は使われていないと見られる）、「部」と上書きする。同時に蓬左文庫本においても旁のみ水消しして「部」と上書きする。その蓬左文庫本と日御碕本の「部」字は字形が若干異なる。蓬左文庫本は通常の「部」の字（旁の中央部は「ソ一」）であり、日御碕本の旁の中央部は「ユ」とある。修訂の筆は後時の別筆かと見られる。

（Ⅵ）日御碕本の蓬左文庫本への関与

㊹高岸郷——峯（倉・細41ウ5）……峯（蓬41ウ5）……岸（日41ウ5）——神門郡「郷駅等集覧」条

倉野本・細川家本・蓬左文庫本の三本には「峯」とあり、日御碕本は「岸」である。その日御碕本における「岸」字は蓬左文庫本本文の修訂には及んでいないが、蓬左文庫本の「峯」字の右に「岸」（、蓬左文庫本41ウ5）の傍書がある。その「岸」の字形は、日御碕本の字形（、41ウ5）と同一の手かと見られる（蓬左文庫本の最終画がやや斜めになってはいるが、同筆と見られる）。日御碕本を校訂書写する際に、蓬左文庫本に傍書の手が及んだと考えられる。

㊺男女老少——易・志（倉・細55ウ2～3）……易・志（蓬55ウ2～3）……男・老（日55ウ2～3）
——仁多郡「通道」条

「男女老少」とあるべき箇所が、倉野本・細川家本では「易女志少」とある。これは蓬左文庫本でも同じ本文情況であるが、日御碕本では比校本によったものであろう「男女老少」とする。その日御碕本の本文は「男」「老」の箇所について、まずは某字が書写され、抹消した後に修訂の「男」と「老」字が書かれる。字の背後に元の「易・志」らしい痕跡が見える。それと共に、その改訂の手は蓬左文庫本に及び、見セ消チにより（網掛けで示した。文字の左に見セ消チの「ヒ」マークがある）、右に「男」と「老」字が傍書される。日御碕本における修訂字と蓬左文庫本における傍書字は同筆かと見られる。「修訂A」であろう。

この（Ⅵ）の項目として、⑭条で「追記」した件も該当する。

（Ⅶ）日御碕本における誤写

㊻四里二百歩建立嚴堂也（日10オ5）——意宇郡「山代郷置君新造院」条

何らかの誤写により、「修訂A」方式により元の字を抹消し、「歩」と訂正している。

㊼有年魚（日12ウ7）――意宇郡・川池「筑陽川」割注条

「年」字の背景に「魚」字が見える。「修訂A」によりその「魚」字を抹消し「年」字と訂正している。

㊽志山（日13オ2）――意宇郡・川池「玉作川」条

倉野本・細川家本・蓬左文庫本の三本においては「郡家正西一十九里□志山」とある。□とした箇所は空格である。恐らく親本の段階で虫損を受け、文字を表示し得ず、空格にしたものと見られる（後藤藏四郎氏・加藤義成氏に「阿」と校訂する説がある）(30)。日御碕本はこの空格を無視して字詰めし「志山」とする。

㊾子嶋（既議）（日13ウ1）――意宇郡・浜嶋「子嶋」条

「子嶋」の箇所、二字共に何らかの誤写をし、その二字分を「修訂A」により抹消し、「子嶋」と訂正している。元の文字は不明。

㊿北方上之（日24ウ3）――秋鹿郡「大野郷」条

「方」字の箇所、何らかの誤写があり、某字を「修訂A」により消して「方」と訂正している。

61周廾一里一百八十歩（日31オ4）――楯縫郡・山「神名樋山」条

「廾」の下に「周」の字影が見える。一字前の「周」字が書写上前行下になったために誤認し、今一度「周」字を書いたと見られる。「修訂A」により消した箇所に「廾」と訂正している。

62立虫社（日37オ2）――出雲郡神祇官社条

「虫」の字、写本各本は異体字の「虫」である。日御碕本は「虫」と書写し、後に別筆で字形上部に「ノ」を加筆する。当事項は誤写ではないが、類似の事例として、便宜上ここに掲げた。

㊸大領外従七位上勲十二等神門臣（日47オ8）――神門郡・郡末記条

「門」字の箇所、書き損じであろう、某字を抹消して「門」を書く。元の字は痕跡が残るが判然としない（上の「神」字の示偏か）。「修訂A」と認定する。

㊹託和社（日49オ8）――飯石郡非神祇官社条

「和」の当初字は「禾」偏の縦画が無い「夭」に「口」の字形。別筆で重ね書きして縦画を補い「和」とする。

㊺通同郡堀坂山（日51オ7）――飯石郡・通道条

「坂」字の箇所が「故」となるのは今問わない。「山」字、書き損じか他に由来するのか明確でないが、元の字を「修訂A」で消して書き直す。元の字の痕跡が一部残存する。虫損ではない。なお左下の傍線は返点「一」である。

㊻須我社（日59オ4）――大原郡非神祇官社条

「社」字、何らかの誤写であろう、某字の旁を「修訂A」で消して、「社」と書き直している。「社」の「土」字の箇所に元の字の痕跡が残る。

(Ⅷ)　蓬左文庫本におけるその他の事項・関連事項

Ⅰ～Ⅶに直接関わらない事項で、原本披閲から判明する蓬左文庫本の写本情況に関して、若干注記する。

八雲立出雲国（蓬04オ1）――意宇郡「郡号由来」条

「立」字の箇所に虫損があり裏打ちされ、やや見にくい。この虫損は、冒頭部「内題」の「出雲國風土記」の「出」の字から、大尾まで欠損を受ける大きな虫損穴で、各丁の表の第一行上端の字、及び各丁の裏の末行上端の字の全てに関わる欠損である。冒頭部の大きな欠損から徐々に小さくなり、最後は小さい丸い穴になりながらも一冊を貫通する穴である。そのほとんどは本文認定に大きくは関与しないので、以下一部を除いて、一々は言及しない。

和魂者静而荒魂者（蓬07オ1）――意宇郡「毘賣埼」条

「而」字も、やや見づらいが、右に示した虫損箇所に該当する。

日宣臣志毗（蓬07ウ6）――意宇郡「舎人郷」条「日置臣志毗」

本文、「置」字か「宣」字かは今問わない。「宣」字の字形構成要素の「亘」の上の「一」と「日」の間に点があるかに見えるのは紙漉上の屑であり、墨点ではない。

須佐乎命御子（蓬07ウ8）――意宇郡「大草郷」条「須佐能乎命御子」

「佐」「乎」の間に斜めに薄墨で「乃考」とあるのは後時の別紙紙片の貼り込みである（「佐」字の最終画及び「乎」字の横画に別紙紙片の貼り込みが被る）。

依奉故云（蓬09オ7）――意宇郡「出雲神戸」条「二所大神等依奉故云神戸」

「云」字、やや見づらいが虫損箇所であり、裏打ちが施されている。

一所有山国郷中（蓬10オ7）――意宇郡「山國郷置部新造院」条

「山」字、読みづらい。直前の事項と同様の虫損箇所で、裏打ちが施されている。

以上卌八所（蓬11オ5）――意宇郡「神祇官社」条、条末割注

「卌八」の右の某字は、後時の別紙紙片の貼り込みで、少しおかしな字形であるが、「卌」と判読出来る。

置一石神祇∴（蓬11ウ2）――意宇郡「非神祇官社」条割注「以上一十九所並不在神祇官」

この箇所は「並不在神祇官」とあるはずの箇所である。伝来上の誤写が甚だしく「置一石神祇∴」とある。日

御碕本の本文は「置一石神祇予」であり、これは蓬左文庫本の本文そのものと見られるが、蓬左文庫本では「品」か「山」字のような「点三つ」（∴）である。これは虫損に起因する痕跡であり、原姿は「予」に違いない。この「予」は、「官」の草体の極端な崩しから来る誤写である。

意宇川（蓬12ウ8）――意宇郡・川池「意宇河」条

「意宇河源出郡家正南……」とある箇所で、蓬左文庫本は「河」字の下の「源」字に引かれて、「意宇源源」と書き上の「源」字を水消しして「川」とする。「源」の字影が「川」字の下に薄く残る。蓬左文庫本の親本は「河」字であったと推測される。倉野本が「河」である（細川家本は脱字）。「河」字ゆえに「源」字に引かれたと見られる。蓬左文庫本が「川」としたので、日御碕本も「川」とある。

北流入〻《于》海（蓬13オ2）――意宇郡・川池「玉作川」条「郡家正西一十九里□志山北流入〻海」

蓬左文庫本の「于」の小字は後時の別紙紙片の貼り込みに由来するもので、重点「〻」の下半分（第二画）に貼紙が被る。後時の貼紙であり、日御碕本には無い。重点「〻」の下にあるのではなく、重点「〻」の校異として重点上に貼り込まれているもので、本文を「北流入于海」と解した校訂である。この本文は(58)に続く箇所で、岸崎時照『出雲國風土記鈔』（桑原文庫本）の本文「北流入于海」と一致する。

動業出雲（蓬14オ2）――意宇郡「郡末記」条「従七位上勳十二等出雲」

「業」字そのものについては今問わない。「業」字の下部を一旦「水」と書いてしまい、水消しにより修訂して「業」の字にする。元の字影が背後に薄く残存する。

熊野大神命（蓬15オ3）――嶋根郡「朝酌郷」条

蓬左文庫本の「神」字の箇所、「明」かと推定される字の痕跡がある。水消しして「神」と書き直している。

正北廾四里（蓬17ウ3）――嶋根郡・川坡池「加賀川」条「郡家西北廾四里」

「四」字の箇所、その下にある「里」字の上部を書きかけ、後に「四」を書いている。重ね書きに見えるが、水消しが薄くて消していないように見える事例である。

周五里（蓬17ウ4）――嶋根郡・川坡池「法吉坡」条

「周」字の字形構成要素「土」の箇所の不審は、虫損に関わる穴によるものである。

周一里一百一十歩（蓬17ウ7）――嶋根郡・川坡池「匏池」条

「周」字の下の「一里」の箇所の不審は「一里」の字に被せる形で斜めに後時の別紙紙片の貼り込みがあり、その紙片には「三」と記され、「三」字の右に「抄」の傍書がある。この箇所、『出雲國風土記鈔』の本文に「三里」とある（『萬葉緯』はこの『鈔』本文により、右傍書に「三ィ」とする）。

玉篇注（蓬18オ）・本草綱目注（蓬18ウ）――嶋根郡「朝酌促戸」条・同「蜛蝫嶋」条

蓬左文庫本（18オ）の頭書注記として「玉」として「⿰馬舌」字と「騃」字に関する注記がある。「朝酌促戸」条にある「筌邊⿰馬舌騃風壓水衝」の「⿰馬舌騃」の注としての頭書である。もとより『大廣益會玉篇』からの引用である。また「本草綱目」としたのは「蜛蝫嶋」条の「蜛蝫」の注として頭書したに違いない。「鮹魚」は『本草綱目』第四十四巻「鱗之四（無鱗魚二十八種）」に載る。しかし引用は、『本草綱目』の「鮹魚」条ではなく、その次（隣り）の「鮫魚」条の『集解』所引の一文である。これについては、「解題」中の「蓬左文庫本における書き込みについて」（二七～二八頁）を参照されたい。それは擱き、この頭書注は二件共に蓬左文庫本に存在する。しかし加藤義成氏・内田賢徳氏[31]は日御碕本の注とし、高橋周氏[32]は、「日御碕本」とその系譜を引く「日御碕系写本」には、島根郡朝酌促戸条に『玉篇』、同郡蜛蝫島条に『本草

綱目』を引用した頭注が付されることなどの共通の特徴がある。（高橋周氏論個別二頁〈通頁、二六五頁〉）

と指摘する。指摘自体は貴重なものであり間違いでないが、発信源は蓬左文庫本に既に存在する頭書注記である。

蓬左文庫本におけるこの頭書注記は、注記自体が少ない蓬左文庫本において特異なものとしてあるが、間違いなく蓬左文庫本に存在し、またそれが日御碕本に転記されている（蓬左文庫本頭書注記の手と日御碕本頭書注記の手とは別筆）。この蓬左文庫本における注記の手は写本本文と同筆か別筆かという認定はむつかしい。写本本文自体は親本（元本）の用字の字形をそのままに写そうとするものであり、注記は筆記者自身の筆癖（手）でメモとして注記するものであって、筆写態度自体が異なる。こういう次第を念頭に置いた上での私案であるが、文字印象として、筆記者は同一人の可能性があると見る。もとより尾張藩での頭書ではなく、それ以前の段階における筆記と見られる。

有蜛蝫嶋蜛蝫食来蜈蚣（蓬19オ4）——嶋根郡・蜛蝫嶋「蜈蚣嶋」条

右の傍線部の「蝫」字の不審は汚れに由来する。茶渋かと推測される茶色状の汚れが「蝫」字の「虫」偏に被り、「虫」部が見えなくなっているが、原本では「虫」と確認できる。この汚れは裏面に薄く達しており、「戸江剗」条の行末下部に見えるのがそれである。

議昆（蓬20オ3）——嶋根郡・島浜崎浦門（1）「大嶋」条割注

割注の本来の本文は「礒」の一字であるが、今は問わない。「議」とある箇所、蓬左文庫本は某字を水消しして「議」とする。元の用字は判然としない。

廣二百八歩（蓬21ウ5）——嶋根郡・島浜崎浦門（1）「野浪濱」条

「八」と「歩」の間に横線があり「歩」字の右に書き込みがある。これは後時の別紙紙片の貼り込みによるもので、貼紙には「十」とありその右下に小字で「一本」と書かれる。本文を「八十歩」と見る校異になる。

「有彫鑿磐壁二所」の下の割注（蓬27オ7）――秋鹿郡大海・浜島「恵曇濵」条

蓬左文庫本の「27オ7」の行末には二字分の空格が存する。日御碕本の「27オ7」の行末二字分にも同じ空格が存し、蓬左文庫本の空格に由来するものである。その空格は、虫損欠失等に拠るものではない。倉野本や細川家本の同所に空格は無く行末まで同文の割注であることから判明する。即ち「二所、原（「厚」の誤）三丈、廣一丈、高八尺。一所、原（「厚」の誤）二丈／二尺、廣一丈、高一丈。」のスラッシュ（／）の箇所で改行する。倉野本・細川家本はスラッシュの箇所が行末下に達しており、改行の原姿を示している。蓬左文庫本（日御碕本）は行末に二文字分を開けて改行する。蓬左文庫本（日御碕本）の空格は親本の改行に忠実に従った結果である。次行も二行割が続き、配字上の措置である。

郡司主帳旡位物部臣（蓬32ウ8）――楯縫郡「郡末記」条

右は、「日御碕本の修訂と蓬左文庫本の修訂の類似」（V）条で挙げ(53)、蓬左文庫本の原姿は判読から「郡」で、「郡」字の旁のみ水消しして「部」とあるとした箇所である。その「部」字の箇所が不鮮明である。不鮮明な理由の一つに虫損が関与する。同所及び次丁に亙って虫損の穴があり、「部」字の「口」の箇所にも小さい穴がある。

以号宇夜里（蓬33ウ8）――出雲郡・「健部郷」条

「宇」字の箇所、読みづらいのは虫損があり裏打ちが施されているからである。

故云志刄治（蓬34ウ1）――出雲郡「柒治郷」条

「刄」について今は問わない。「治」の字、当初「沼」と書いた字の「刀」の部分を水消しして「ム」と書き、

「治」字にする。水消しによる「刀」字がなお残存すると共に「ム」の箇所に水消しによる若干の滲みが出ている。

佐支多社（蓬38オ1）――出雲郡「非神祇官社」条

蓬左文庫本「佐」字の人偏の黒点は虫損による穴。当事項の冒頭で言及した虫損である。

本立巖堂（蓬44オ5）――神門郡「古志郷刑部臣新造院」条、割注「不立巖堂」

「立」の下に片仮名「ノ」のように存在するものは単なる筆による汚れそのものであり、文字ではない。

則有羊魚（蓬45ウ8）――神門郡・川池「神門川」条「則有年魚」

「羊」字の箇所、正しくは「年」字。日御碕本も「羊」である。この箇所、読みづらいのは虫損が存するからである（裏打ちが施され、結果、文字が白く抜けている）。

出雲河邊七里卄五歩（蓬47オ1）――神門郡「通道」条

文字は「七」そのものである。縦画が短い上に第一画の横線の右端に墨による汚れがあり、読みづらい。

伊毗志都幣令坐（蓬48オ4）――飯石郡「郡号由来」条

倉野本・日御碕本に「令」とあり、日御碕本の場合は「令レ坐」と返点まで施されている。蓬左文庫本はこの「令」字の左に見セ消チの「ミ」マークが付され、右に「命」と薄墨で傍書される。神名「伊毗志都幣命」とあるべき箇所で、正しい書込みとなる。書込みは何時のものか明確でないが、後時の書込みである。

志都美経以上三経（蓬51ウ2）――飯石郡「通道」条「志都美径以上三径」

「以」字の箇所、某字（日御碕本の「以」の異体字「」か）の上に別筆で「以」を重ね書きする。

（追記）右に「別筆で」「重ね書き」と記したが、その後の精査により、蓬左文庫本が透き写された時の文字の滲みによるものと考えられる。蓬左文庫本自体が透き写しによる本で、薄手の用紙に転写されているが、透き写しに備えて小筆が使用されている。よって、力強いが極めて細い線になっている。一方、蓬左文庫本が透き写された際には、中太の筆で写されたようで、太い滲みが随所に見られる。文字の太い箇所は全てこの透き写しに依るものと見てよく、右の「以」字もこれに該当する。（以上、追記）

即御祖前立去於坐而名川度（蓬53オ4）――仁多郡「三澤郷」条

蓬左文庫本の「於」字の箇所、その文字が判然としないのは、「於」字に被せる形で後時の別紙紙片の貼り込みがあるからである。貼紙が薄手なので、わずかながら下の本文を見ることが出来る。また貼紙は右の行の「御」字の「彳」にも一部掛かる。ほぼ正方形の別紙の紙片は斜めの菱形に貼られ、紙片には「出」とある。この箇所の日御碕本は蓬左文庫本に同じく「於」とある。実は倉野本・細川家本にも「於」とあり、その「於」は平仮名の「お」の字形に近く「出」の草体に近い。前後の意味から「於」は合致せず、現在は「出」の字で本文を理解する（53オ4、二四五頁「a於」参照）。

鳥上山（蓬53ウ7）――仁多郡・山野「鳥上山」条

「上」字の箇所、最初はその下の「山」字を書き、水消しして「上」字を書いている。

備後与出雲之堺壇味葛（蓬54オ2）――仁多郡・山野「御坂山」条末、割注

蓬左文庫本では「堺」字の下にある「壇」字に引かれ（「壇」字の上に「有」字は無く「堺壇」という文字列である）、「堺」字を当初は「壇」と書き、その旁のみ水消しして同筆で「堺」と書き直している。修訂により、この箇所が不鮮明である。「壇」字は旁の「旦」の上が「面」になる異体字形「」（掲出字は続いて出る「壇」字）であり、「堺」も「田」の部分が「由」になる異体字形「」である（「堺」の異体字形は53ウ8の割注の例で示した）。

源出郡家東南卅六里室原山（蓬55オ1）——仁多郡・川「室原川」条

蓬左文庫本の「六」字の箇所、下に「五」かと推測される某字を一旦書き、水消しの後に、「六」と書き、その後、虫損により三か所の穴が開き、不鮮明な文字状況である。「六」の字は別筆かと見られるが、別筆風なのは太字の故かも知れない。加えて、蓬左文庫本の「六」は一見すると「十八」に見える特異字形「六」（掲出は57ウ7の用字例）が常用字形であるが、この箇所は元の字形（「五」か）に重ねる形で記すために「十」「八」間が縮んだ形になり、その「十」の箇所に虫損があり、裏打ち後に改めて虫損の穴が生じて文字に被り、不鮮明である。こういう次第で同筆の可能性が高い。同筆という見方を支える側面に、日御碕本が当初から「六」の本文である。

須我小川之湯渕村川中隅泉（蓬58オ2）——大原郡「海潮郷」条

蓬左文庫本の「隅」字の右に「温坎」の打ち付けの墨書の傍書がある。この「温」字は次行に出る「川中温泉」の「温」の字から同筆と推定できる。またこの傍書は同じ様式で日御碕本の傍書として受け継がれている。

青幡佐草胋命（蓬59ウ3）——大原郡・山野「高麻山」条

この「胋」字の箇所は、倉野本・細川家本・日御碕本でも同様の文字情況である。蓬左文庫本には、「胋」字に小丸マークの見セ消チがあり、右に薄墨で「日古」の傍書があると共に、上の「佐草」から「サクサヒコノ」という訓がある。蓬左文庫本は付訓の無い本であり、後時の傍書書き込みと判明する。この後時書き込みは、意宇郡大草郷条（08オ1）によるものであろう。

飯梨阿（蓬61オ6）——巻末「道度（一）」条、割注

「阿」の字、日御碕本には「川」とある（倉野本・細川家本は「阿」）。その眼で見ると、この蓬左文庫本の「阿」の字は、もと「川」でその上に加筆することで「阿」字とあるようにも見ることが出来そうで、判然としない。

（追記）蓬左文庫本の用字の原姿は「阿」字そのものである。他の箇所の「川」字を参照すると、その特徴ある「川」の字形から、ここの原姿が「川」でないことが明らかである。蓬左文庫本の用字に不審が存するのは、後代の透き写しの時に付けられた墨の滲みに拠るものである。（以上、追記）

度卄五歩度舩一（蓬62オ7）――巻末「道度（三）」条、「南西道」の「至斐伊河」下の割注

「卄」は特異な字形（特徴ある「サ」に点を付ける形）であるが、後補や修訂の跡は無く、「卄」で問題は無い。

（Ⅸ）日御碕本におけるその他の事項・関連事項

Ⅰ～Ⅶに直接関わらない事項で、原本披閲から判明する日御碕本の写本情況に関して、Ⅷの蓬左文庫本同様に、若干注記する。なお、Ⅷの蓬左文庫本条で関連して言及済のものがある（「有彫鑿磐壁二所」の下の割注（日27オ7）など）。

有蓼螺子永慕（日13ウ2）――意宇郡・浜嶋「塩楯嶋」条

「永」字の箇所、写本諸本にも「永」とあるが、日御碕本の影印本による写真では「永」字の第一画の点が水消しされて「水」字であるかのように見える。これは水消しではなく、その第一画が細い線であるために、まるで水消しを受けたかのように写真で見えるに過ぎない。他本同様に「永」字そのものが書かれている。

従七位上勳業出雲臣（日14オ2）――意宇郡・郡末記「少領」条

意宇郡郡末記の「少領」の箇所、写本諸本には「従七位上勳業出雲」とのみあり、「臣」の字は無い。日御碕本のみに「臣」字が存在するが、日御碕本でも原姿ではなく、後補別筆による加筆字である。

努那弥社（日16ウ3）――嶋根郡非神祇官社条

「那」字の旁が「尹」と見える字形で、旁の下部が虫損を受けたように見える。しかし、原本のこの箇所、虫損を受けることなくこのままの字形である（「尹」字のような右への張り出しは無い）。これは、例えば細川家本の「」字のような字形に由来するに違いない。ただ、親本の蓬左文庫本の字形は「」であり、やはり尾張藩において、蓬左文庫本以外に今一本の証本が置かれ、参照されたことが明らかになる。

北有百姓之家（日20オ6）――嶋根郡・島浜崎浦門（1）「美保濱」条

日御碕本の写真では、この字の箇所が明確でなく、字の中央部が薄くて虫損を受けたように見える。これは偶々横画が細く書かれたことに由来するものである。蓬左文庫本は「百」字が明瞭である。「百」字と「姓」字を結ぶ熟合符（音合符）も細くあるのを読み取ることが出来、「百」字と納得できる。

樋社　樋社（日58ウ8）――大原郡神祇官社条

当稿註18に記す通りで、上の「樋社」の「社」字の箇所に存する見セ消チに近い太い抹消線は、勉誠社版写真における汚れに過ぎず、原本には存在しない。

度廾五歩度船一（日62オ7）――巻末「道度（三）」割注条

この日御碕本の「廾」の字は癖のある字で、若干の不審を抱かせるが、他本においても「廾」とある箇所であり、問題は存しない。この字の前後にも「廾」の字が出、やや似るが、特にこの箇所の字形は癖字が極まっている。これは親本の蓬左文庫本においても特異な字形として特記した所であり、日御碕本ではそれが極度になっている。

西廾一里至黒田驛（日63オ5）――巻末「駅」条

「里」字の箇所に滲みが存在する。先の「樋社」同様のものであり、勉誠社版写真における汚れに過ぎず、原本に滲み状のものは存在しない。

四　『鈔』との関係から

以上、日御碕本と照合することによって、蓬左文庫本の本文が浮き彫りになると共に、日御碕本における本文の修訂と、その本文修訂の手が蓬左文庫本にまで及んでいる実態とを明らかにすることが出来た。その日御碕本における修訂において、区分が明らかに出来るものについて「修訂A」から「修訂D」まで分類した。判然とせずA～D区分を明示しない事例もある。その「修訂A」から「修訂D」までについて縦覧すると次の通りである。

A—⑦⑩⑪⑫⑬⑭⑮⑯㉕㉛㊴㊵㊷㊸㊹㊺㊻㊼㊽㊾㊿

B—⑨㉔㉖㉙㉚㉜㊾㊿51

C—⑧⑰⑱⑲⑳㉓㉗㉝

D—㉑

「修訂A」は、刀子による削去と共に時に水消しも併用され、刀子による削去で用紙が薄くなった箇所は薄手の和紙が貼り込まれる。貼紙の紙質に由来するのか、糊に由来するのか明らかでないが、貼紙箇所に薄く色が着いた状態である。この削去後にやや濃い墨で修訂字が書き込まれる。これは尾張徳川藩での作業と見られる。対して、「修訂C」「修訂D」は、出雲の地における修訂になる。「修訂C」の⑳では「侯」字に増画加筆する形で「族」と修訂した事例であるが、この場合、該当字の二字上の「芳」を見セ消チにし、その右に「等」と書く手と同筆かと見ることが出来、出雲における修訂と推測できる。また「修訂D」の㉑は、「二百一千歩」とある、その「千」の第一画を削り「十」とした事例であるが、その刀子による削去と、同頁四行前にある訓を削去した手とが同質と見られるところから、出雲の地における訓レベルの加工に属する。より後時の修訂と見て「修訂D」と位置付けた。

なお、「修訂A」と位置付けた修訂方式が、日御碕本書写当時の古い修訂に限定されない場合がある。例えば大尾「駅」条における「去西」(63オ4)の箇所で、「西」字の右下に「某」(「某」字は片仮名「ニ」か)という訓があり、それを「修訂A」の方式により「方」とする。こういう訓レベルに属する後時の修訂も存在する。

位置付けのむつかしいのが「修訂B」である。「修訂B」は文字の部分修訂ではなく、一字全部を今一度上に重ねて書く形での修訂である。⑨の事例では「田」字を「由」字に修訂するのであれば、文字の上部に書き足せば済むところを、「田」字に重ねる形で今一度「由」字全体を重ね書きする。これを丁寧な修訂と見るか乱暴な修訂と見るかの判断はむつかしいが、結果的に汚れた紙面となっている。尾張から出雲へ献呈するのに、「修訂A」の方式とは別の「修訂B」方式も採用したものか、判断に苦しむ。一方、(49)(50)(51)の事例がある(「修訂B」)。この三件は、日御碕本を修訂する手が蓬左文庫本の本文修訂に及んでいるのではないかと見られるものであり、尾張の地における修訂であろうとまずは考える事例である。しかし、この(49)(50)(51)については、日御碕本と蓬左文庫本との同時修訂であるのか、それともそれぞれ別箇の修訂であるのかは、突き詰めて考えると明確でなく、それぞれ別箇に(尾張の地と出雲の地とで)独立して同じ本文修訂に到達することも不可能ではない事例である。これにより、「日御碕本の修訂と蓬左文庫本の修訂の類似」(V)として(49)(50)(51)を別置した。こういう次第で、「修訂B」については、尾張の地における修訂か、それとも出雲の地でのごく初期の修訂であるかについて結論を出していなかった。また(52)(53)は後時に別個に修訂されたものであろうと見られる例である(但し、(52)の日御碕本は「修訂

A」で、当初の修訂)。

ここに『鈔』本文を介在させて検討する。『鈔』とは、「二」の「蓬左文庫本の位置」冒頭で示した岸崎時照著『出雲國風土記鈔』(島根大学蔵桑原文庫四冊本)である。「修訂B」による日御碕本の本文は『鈔』本文とほとんど齟齬することは無いが、問題を有する「修訂B」の事例に次の二件がある。

⑨御子之哭由——由(倉・細53オ1)……田(蓬53オ1)……由(日53オ1)——仁多郡「三澤郷」条

この箇所の『鈔』本文は「田」である。即ち、日御碕本が「由」と修訂される以前の蓬左文庫本の姿、即ち日御碕本の本文原姿がここにある。また、

㉖所生子不云也——千(倉・細53オ8)……千(蓬53オ8)……子(日53オ8)——仁多郡「三澤郷」条

この箇所の『鈔』本文は「千」である。この「千」は倉野本や細川家本の本文でもあるが、何よりも蓬左文庫本本文であり、日御碕本の本文原姿である。

日御碕本(一六三四年寄進)と『鈔』本文(一六八三年自序)の相互関係については、まだ明らかにはなっていない。伊藤剣氏は[33]『鈔』本文が日御碕本に直系の関係で繋がる場合と別系の場合とを想定する。右の㉖では明確でないが、⑨の事例は「蓬左文庫本→日御碕本→『鈔』本文」という書承関係が浮かび上がる。本文「田」は現在のところ、「蓬左文庫本・日御碕本」を介さないとあり得ない。㉖はそれに反するものではない。指摘できるのは⑨の一例であり、一例というのは弱い事例であるが、日御碕本と『鈔』本文の直接的な関係について蓬左文庫本を介在させることで示唆できる。これによると、「修訂B」は尾張ではなく、出雲の地における修訂になる。『鈔』本文は本文系統から考えると難解なテキストである。『鈔』独自の校訂本文が見られると共に、別の証本を参照している側面も見られるが、日御碕本を承けている確かな例が右の⑨である。それと共に『出雲國風土記』

全冊の校異において、日御碕本の本文と齟齬する事例は極めて少なく、齟齬例は独自校訂や他の証本依拠本文の事例と言って良い。

（追記）右の結論を念押しする事例に気付いたので加筆する。菅野雅雄博士旧蔵本の[34]『出雲國風土記』がある（以下、「菅野本」と略称）。この菅野本の⑨の箇所本文が「田」とある。倉野本・細川家本は「由」であり、「田」は蓬左文庫本であるが、菅野本の他の本文からすると、菅野本と蓬左文庫本は無縁であるので、ここは日御碕本の当初本文「田」を継承していると理解できる。菅野本と日御碕本の本文は近く、

⑤⑥⑩⑪⑫⑬⑭⑮⑯⑰⑱⑲⑳㉑㉒㉓㉔㉕㉗㉙㉚㉛㉜㊷㊸㊾㊿51 53 54 55

と多くの点で本文が一致し、この菅野本における「田」は日御碕本の原初字形を保存していると見ることが出来る。やはり、「修訂B」は尾張の地ではなくて、出雲の地における修訂になる。これによると㉖の日御碕本の「子」も菅野本に「千」とあり、倉野本や細川家本の「千」に拠ったのではなく、修訂前の日御碕本の「千」に依拠していると見られる。同様の事例として、㉘の日御碕本の「捌」の原初態「別」、㉝の日御碕本の「熊」の原初態「能」、㉞の日御碕本の「自」の原初態「目」が菅野本に保存されている。右の件で、『鈔』の本文を確認したところ、『鈔』の⑨㉖㉞は日御碕本の原初本文と一致したが、㉘は「捌」、㉝は「熊」で一致せず、菅野本が『鈔』本文に拠っているのでは無い。また、島根県古代文化センター本[35]を確認したところ、㉝が「熊」で一致しなかった。名古屋市鶴舞中央図書館蔵の河村本[36]は特異な本であり、その本文定位がむつかしいが、⑨は「由」であり当項から除外することになる。因みに、㉘の「捌」を除いて他は一致する。（以上、追記）

右の㉖の事例と同様の事例に次の⑱㉞がある。

⑱都牟自社――目（倉・細37ウ6）……目（蓬37ウ6）……自（日37ウ6）――出雲郡「非神祇官社」条

『鈔』本文は「目」である。「目」は倉野本・細川家本と共に蓬左文庫本本文であり、日御碕本の原姿本文である。日御碕本原姿本文が『鈔』本文として写された後に、日御碕本に修訂の手が入り「自」となった。三〇六頁の⑱では「修訂C」とした。他の「修訂C」は日御碕本修訂本文と『鈔』本文が一致するが、ここに一致しない例となる。「修訂C」の中に『鈔』本文成立以前のものがあると共に、『鈔』本文成立後の修訂も確認出来ることになる。

㉞布自枳美烽——目（倉・細63ウ6）……目（蓬63ウ6）……自（日63ウ6）——巻末「軍団烽戍」条

この箇所の『鈔』本文も「目」である。この㉞については「修訂C」という時期は限定せず「後補の時期は不明」としたが、『鈔』本文成立後の「修訂C〜D」になる。

また「修訂A」の㉛において、『日御碕本』の「川」独自本文が『鈔』本文となっている例がある。これも「日御碕本→『鈔』本文」という書承関係が明らかな事例である。

なお、㊼について「修訂区分におけるAかBかの判断は困難であるが、尾張の地における当初の修訂」としたが、右によると㊼は「修訂A」になる。

おわりに

「修訂A」は、尾張徳川家において日御碕本を作成する過程において、座右に何らかの証本『出雲國風土記』を置いて、参照しつつ成ったことを明らかにすることが出来た。その座右の比校本が「江戸内府御本」系統本でないことも明らかにしたが、それがどういう写本であったのかは判然としない。ただ日御碕本には、徳川義直公自筆の日御碕神社への寄進献本の辞が奥書にあり、寛永十一年（一六三四）秋七月とある。日御碕本を作成する過程で、座右に証本として置かれた比校本は、寛永十一年より前の写本になる。そういう古写本が他に現存することは目下確認されない。しかしながら、古いだけではなくて本文価値の良質な本であったことが、日御碕本における修訂の跡から確認できる。即ち、中世の写本に繋がる善本であったと見られる。いわば、その筋の良い写本は、日御碕本という形で残ることになった。

尾張徳川家においては、蓬左文庫本『出雲國風土記』を透き写し或いは臨模することによって日御碕神社に寄進することが出来たのであるが、それをしなかった。手許の蓬左文庫本の本文価値を検証すると共に、より良い写本を志向した。ここに、尾張徳川家における学問水準があり、徳川義直公という篤学の人となりを浮き彫りにし、確認することが出来るのである。それは義直公の右筆の水準をも示すものである。

一方、出雲の地においては、この『日御碕本』を徳川義直公由来の恵贈本という文化財として崇め宝物扱いにする方途もあったのである。しかしそうではなくて、文献として研究され、その本文に手が入れられ、訓や返点が書き込まれた。これも亦、学問の面から見て慶賀すべきことと理解したい。そうした加筆・加点が何時から始められ、どのように展開したかは、一部明らかにされてはいるが、その多くは今後の課題となる。日御碕本系諸訓の淵源が日御碕本にあるのか、それとも日御碕本の訓は、施訓当時の訓を反映したものなのか、こうしたことは今後の課題であるが、本文流布情況を考慮すると日御碕本以前に訓が成立していた徴証は無い。岸崎時照著『出雲國風土記鈔』本文と日御碕本との本文系統関係も今後の課題となるが、蓋然性としては日御碕本の存在が大きい。

註

（1）　加藤義成氏『校本出雲國風土記　全』（一九六八年一二月、出雲国風土記研究会発行）。

（2）田中卓氏「出雲國風土記諸本の研究」（平泉澄監修『出雲國風土記の研究』所収、一九五三年七月、出雲大社発行、二四〇頁）（『田中卓著作集8』一九八八年五月、国書刊行会発行、二六六頁）。

（3）川瀬一馬氏「駿河御譲本の研究」（書誌學社『書誌學』第三巻第四号、一九三四年一〇月、日本書誌學會発行）。なお、新村出氏に「葵文庫と駿河文庫」（同氏『典籍叢談』所収、一九二五年九月、岡書院）がある。

（4）三種の印面は註3の川瀬一馬氏論の図版及び名古屋市蓬左文庫『蓬左』第五一号（一九九四年四月）五頁に詳しく、蓬左文庫司書の方の教示によると、「御」字の下部が斜めに右上りするのが甲種印記、同下部の右端と左端の長さがほぼ同長なのが乙種印記になる。福井保氏は『蓬左文庫善本書目』（一九三五年六月）で乙種印とする（一九頁）。なお、丙種印の押印は川瀬一馬氏によると一部二冊に過ぎない（註3の論の四六頁）とある。

（5）平野卓治氏「『出雲国風土記』の写本に関する覚書」（島根県古代文化センター『古代文化研究』第四号、一九九六年三月）が、「義直は少なくとも「江戸内府御本」系の本を入手した」とし、内田賢徳氏「『出雲国風土記』本文について―上代文献テキストの一面―」（『萬葉語文研究』第1集、二〇〇五年三月）も「蓬左文庫本がもともと御内府所蔵本の写しであるとすれば」と言及し、この平野論（内田論）を受けたかと見られる高橋周氏は、「『出雲国風土記』写本二題―郷原家本と「自清本」をめぐって―」（島根県古代文化センター『古代文化研究』第二二号、二〇一四年三月）の注（6）で、「駿河御譲本」ではないことを確認し、「徳川義直は何らかの方法で家康所持本を書写したと考えられる」とし、同論の「図2」では「江戸内府御本」から「尾張・徳川義直」へ「書写?」として破線矢印を付す。なお、内田賢徳氏「「目一つの鬼」という潤色―出雲国風土記述作の一面―」（『風土記研究』第三四号、二〇一〇年一二月）では、「現存伝本のすべてが徳川内府本に帰すると考えられる」とする。これは「徳川内府本」ではなく当稿註17で言う古写本と言うべきものである。

（6）前記、川瀬一馬氏註3。

（7）跡部佳子氏「徳川義直家臣団形成についての考察（七）―義直の文治臣僚―」（徳川黎明會。史学美術史論文集『金鯱叢書』第九輯、一九八二年六月）。

（8）名古屋市鶴舞図書館編『蓬左文庫駿河御譲本目録』（一九六二年三月）にも掲載が無い。

（9）山本祐子氏「尾張藩「御文庫」について（一）―義直・光友の蔵書を中心に―」（『名古屋市博物館研究紀要』第八巻、一九八五年三月）。「尾張藩「御文庫」について（二）―蔵書目録からみた「御文庫」の展開―」（『名古屋市博物館研究紀要』

第九巻、一九八六年三月）。引用は、（一）の一四頁。

（10）『慶安四年尾張目録』一冊（蓬左文庫、一四八―二四）。註9の山本祐子氏論（一）の二頁で「義直死去（慶安三年、一六五〇）後、まもなく作成された目録」で「慶安四年卯三月廿六日」付の目録。名古屋市蓬左文庫監修『尾張徳川家蔵書目録』第一巻（書誌書目シリーズ㊾、ゆまに書房、一九九九年八月）、四三〇頁。なお、この第一巻には、『寛永目録』も掲載される。

（11）『寛政目録』（御文庫御書籍目録）六冊（蓬左文庫、一四八―一九）。註9の山本祐子氏論（一）の二頁には「寛政年間（一七八九～一八〇一）の目録であると考えた」とある。名古屋市蓬左文庫監修『尾張徳川家蔵書目録』第六巻（書誌書目シリーズ㊾、ゆまに書房、一九九九年八月）、二七三頁（第二冊四一丁オ）。この『寛政目録』は「敬公御撰述・駿河御譲」（一）、「敬公御書籍」（二・三）、「瑞竜公御書籍」（四）、「泰心公御書籍・圓覚公御書籍・戴公御書籍・附録」（五）、「御時代不詳御書籍」（六）と分けられる内の「二」の「敬公御書籍」になる。

（12）『御文庫御書物便覧』（御書物便覧・国書之部）四冊（蓬左文庫、一四八―二六）。名古屋市蓬左文庫監修『尾張徳川家蔵書目録』第九巻（書誌書目シリーズ㊾、ゆまに書房、一九九九年八月）、四四四頁（第四冊、天部地誌類）。

（13）前記、田中卓氏註2の論（二四二頁）、及び名古屋市蓬左文庫編『蓬左』第八二号（二〇一一年四月）。

（14）前記、田中卓氏註2（二四二頁。同氏著作集二六八頁）。この田中卓氏説により、加藤義成氏も日御碕本の筆者について「徳川家本と同人の筆で、堀杏庵の写本と考えられる」（二五頁）とする（加藤義成氏「島根県下に伝存する『出雲国風土記』の写本について」『島根県文化財調査報告』第八集、一九七二年三月。同氏『出雲国風土記論究』上巻所収、島根県古代文化センター発行）。なお、『名古屋市蓬左文庫善本解題図録』第三輯（初版、一九七一年三月）の「懐風藻」の項でも「筆跡は、前出の「出雲国風土記」と同じで、いずれも杏庵と考えられる。すなわち、両書ひとしく、本文は杏庵、題簽は義直の筆、ということになるであろう」とする（「出雲国風土記」条にはこの記述はない）。しかし、同『図録』第三集（一九八〇年三月）の訂正再版では、「筆跡は、前出の「出雲国風土記」と同じで」となり、杏庵の文字は消えている。『出雲國風土記』と『懐風藻』の筆跡は一見では同筆に見えるが、両書の筆癖が異なり、別筆と見て良い。即ち両書は同時に入手した装丁の同じ本であるということにとどまるものである。

（15）日御碕本の書写担当者が誰であるかは明確でなく、堀杏庵と決め付けることは出来ないが、堀杏庵が徳川義直公の文臣・右筆として仕えたことは、跡部佳子氏「徳川義直家臣団形成についての考察（七）―義直の文治臣僚―」（前記、註7）に詳しい。

（16）加藤義成氏「出雲国風土記「三澤郷」地名考」（『神道學』第四八号、一九六六年二月。同氏『出雲国風土記論究』上巻所収、島根県古代文化センター発行）。このことは、その後の同氏著〈当稿、註（1）本〉の二八四頁にも同様の言及がある。

（17）秋本吉郎氏は「永仁五年十カ國風土記書寫の意義」（『風土記の研究』ミネルヴァ書房、一九六三年一〇月。三二四頁〜）で、京都大学国史研究室所蔵の古田氏本に見られる「永仁五年二月十四日寫畢、毘沙門堂淨阿」という本奥書を紹介する（これは「本奥書」であり、古田氏本は永仁五年本ではなく、文禄四年本の更なる転写本である）。この所論中の「永仁五年」云々については、飯田瑞穂氏から疑義が提出されている（「秋本吉郎氏『風土記の近世傳播祖本』論文評」『日本上古史研究』第三巻第一二号、一九五九年一二月。『飯田瑞穂著作集2』所収。所収書、六九〜七七頁）。田中卓氏は「出雲国風土記諸本解題」（『田中卓著作集8』一九八八年五月、国書刊行会、四四五頁）で、冷泉家時雨亭文庫蔵『豊後国風土記　公卿補任』に「永仁五年貮月十八日書寫了、同十九日一校了」（冷泉家時雨亭叢書、第四十七巻『豊後国風土記　公卿補任』朝日新聞社、一九九五年六月、三七頁）とあるのと関連する書写であることを指摘する（秋本吉郎氏は蓬左文庫本『豊後國風土記』に言及）。この所論中の「永仁奥書」について、太田晶二郎氏は、合綴に由来する錯誤を指摘する（太田晶二郎「「出雲國風土記の研究」を讀む」『藝林』第四巻第六号、一九五三年一二月。『太田晶二郎著作集』第二冊、所収。所収書、二九八頁）。早くに、武田祐吉氏は、永仁五年（一二九七）のころに伊勢以下の十ケ国の風土記を書写したとする史料の存在を指摘し（『上代國文學の研究』博文館、一九二一年三月、二三九頁）、その史料は高松宮家蔵『袖中抄』裏面文書であることを明らかにし（『上代日本文学史』一九三〇年一〇月。『武田祐吉著作集』第八巻、所収、二二六〜七頁）、藤本孝一氏は「伊勢・備後・播磨・常陸・日向／阿波・伯耆・豊後・土左・肥前」という十ケ国風土記に関わる紙背文書の正確な翻字をする（藤本孝一氏「解題　豊後国風土記」冷泉家時雨亭叢書『豊後国風土記　公卿補任』八〜九頁）。藤本孝一氏は「『出雲国風土記』浄阿書写説に関する疑問」（『日本歴史』第五一三号、一九九一年二月。同氏『中世史料学叢論』所収）において徹底的に究明し、古田氏本「本奥書」における「永仁五年」云々について、正確に疑いを呈している。以上により、当論初発時に親本を「永仁五年」本と想定した案を破棄し、或る段階における親本とする。当項については、伊藤剣氏からの教示に基づく。記して謝意を表する。

（18）秋本吉徳氏『出雲国風土記諸本集』（一九八四年二月、勉誠社発行）。ただし、この勉誠社版には原本に無い汚れがあり、注意を要する。例えば表紙裏の金地の次の頁（二七七頁）の遊び紙に存する大きな二か所の汚れは日御碕本原本には存在しない。大尾64ウの義直公による寄進状（四〇六頁）中の花押左下の汚れも原本には全く無い。本文においても、大原郡神祇官社条の「樋社　樋社」（58ウ8）の上の「社」字に墨線状の抹消筆らしいものが見られるが、これも原本には無いものである。いずれも影印に付される前の紙焼写真に付いた汚れ、或いは書き込みではないかと見られる。飯石郡通道条、51ウの4行目行頭の「時」の字に虫損状の文字欠損が見られるが、これも原本には一切存在しないものである。こういう次第で、この写真版には全幅の信頼を置きかねるところがある。留意しなければならない。

(19) 伊藤剣氏に「日御碕本『出雲国風土記』から『出雲風土記抄』へ―捨仮名の本文化に見る写本系統の再検討―」（『上代文学』第一一二号、二〇一四年四月）がある。伊藤剣氏は『鈔』（抄）の島根県立古代出雲歴史博物館本の善本性に言及する（同氏論注3）。

(20) 加藤義成氏『校本出雲國風土記　全』（前出註1）。三一九頁。

(21) 加藤義成氏『校本出雲國風土記　全』（前出註1）。二九六～二九八頁。

(22) CD-ROM版『兼永本古事記・出雲国風土記抄』（二〇〇三年三月、岩波書店発行。解題、岩下武彦氏）。及び島根大学附属図書館の電子画像「出雲風土記抄」（PDF版）による。前出註19、参照。なお、この本の外題は『出雲風土記抄』、内題は『出雲國風土記』であり、岸崎時照の注は「鈔曰」とあるので、私は書名を『出雲國風土記鈔』と認定し、当稿でもこの名称で使用している。

(23) 『出雲國風土記』におけるこういう所在明示（「島根郡・島浜崎浦門（1）」などとも）は後日公刊を予定している岩波文庫本の本文における見出し表示による。

(24) 「残存本文」という用語は、廣岡義隆「風土記の「残存本文」について」（『三重大学日本語学文学』第一七号、二〇〇六年六月）による。

(25) こうした用字書記実態は、奈良文化財研究所編『日本古代木簡字典』（初版二〇〇八年六月。改訂新版二〇一三年四月、八木書店発行）で確認できる。

(26) 「水消し」抹消の確認できる早い事例に『東大寺諷誦文稿』がある。中田祝夫氏は「一行より二六行に至るところの、二六行」「一二三行より一三二行に至るところの、一〇行」「二三三行より二四二行に至るところの、一〇行」について、「恐らく水と小刀様のもので」抹消とし（『東大寺諷誦文稿の国語学的研究』風間書房、一九六九年六月）、築島裕氏は同三ケ所について「擦消」とする（『東大寺諷誦文稿總索引』汲古書院、二〇〇一年三月）。私は純粋な「水消し」事例と見る。

(27) 加藤義成氏は「島根県下に伝存する『出雲国風土記』の写本について」（註14）で「料紙は極厚漉の楮紙」（二五頁）とする。

(28) 廣岡義隆「『出雲國風土記』仁多郡三澤郷条について―その文体から―」（『上代文学』第一一二号、二〇一四年四月）において、この「不」字について私見を述べた。

(29) 小野田光雄氏「風土記の「叅」と「粲」について」（『風土記研究』第一六号、一九九三年六月。同氏『古事記釋日本紀風土記ノ文獻學的研究』所収、続群書類従完成会）。その後、桑原祐子氏は、天平六年以降にこの用法の固定化があることを論証している。桑原祐子氏「文字の形と語の識別―「参」の二つの字形―」（『木簡研究』第二六号、二〇〇四年一一月。同氏『正倉院文書の国語学的研究』所収、思文閣出版）。

(30) 後藤藏四郎氏（『出雲國風土記考證』一九二六年一一月、大岡山書店）が「阿」の脱落を想定し、加藤義成氏（『修訂出雲国風土記参究』一九六二年一一月、原書房）も松江市玉湯町城床にある葦山（あしやま、四八〇メートル《メートル》。雲南市大東町との境をなす山）と考定し、欠失箇所を「阿」とする。

(31) 註14の加藤義成氏論や註5の内田賢德氏「『出雲国風土記』本文について」。

(32) 高橋周氏「近世出雲における『出雲国風土記』の伝写と神社の歴史認識―万九千社・立虫神社を中心に―」（島根県古代文化センター『古代文化研究』第二三号、二〇一五年三月）。

(33) 註19の伊藤剣氏「日御碕本『出雲国風土記』から『出雲風土記抄』へ」。

(34) 現在、架蔵。遠からず某所収蔵予定。

(35) 島根県古代文化センター本『出雲国風土記』影印（二〇一四年三月、島根県文化財愛護協会頒布）。

(36) 名古屋市鶴舞中央図書館蔵『出雲國風土記』（郷土資料、河村文庫、河イ44）。

（追記）蓬左文庫は『豊後國風土記』も所蔵する。西別府元日氏は「蓬左文庫蔵『豊後国風土記』について」（『日本歴史』第五〇五号、一九九〇年六月）において、『出雲國風土記』も『豊後國風土記』も共に堀杏庵の筆になるという説を挙げて「『出雲国風土記』は鋭角でやや右上がりの書体であるが、『豊後国風土記』はやや肉太の筆跡であり鋭角的な書体ともいいがたい。

佐藤先生（＝註、佐藤四信氏をいう）の説の淵源をいまだ確認できないのであるが、両者は同一の筆とは断じがたいのではなかろうか」と指摘する。また同氏は、蓬左文庫において、『出雲國風土記』と『豊後國風土記』はセットになっていたものではなく、『豊後國風土記』の蓬左文庫への収蔵は『出雲國風土記』よりも遅れ、十八世紀前半のことと推定する。（以上、追記）

以下に『出雲國風土記』写本（日御碕本・細川家本）画像の掲載箇所を明示する。三桁の算用数字は本書の頁数、二桁の算用数字はその行数を示す。空白行もカウントしている。

＊日御碕神社所蔵本の掲載箇所は以下の通り。309 13・311 09～11・317 08・326 05。

＊永青文庫所蔵（熊本大学附属図書館寄託）本（細川家本）の掲載箇所は以下の通り。311 01～03・312 17・313 01・313 05・313 08・313 11・316 10・316 11・316 12・329 04。

＊なお日御碕神社と永青文庫の所蔵資料（日御碕本と細川家本）の写真は秋本吉徳氏編『出雲国風土記諸本集』（勉誠社、一九八四年二月）による。

謝辞　貴重な原本について親しく精査する御許可を賜り、種々の御配慮を戴きました名古屋市蓬左文庫と出雲市の日御碕神社（宮司小野高慶様）、また写本写真画像の当稿での利用に付き、御許可賜りました蓬左文庫、日御碕神社、また細川家本に関わる永青文庫（文京区）及び熊本大学附属図書館（北岡文庫）の各位に、衷心より御礼を申し上げます。

『萬葉集研究』第三十六集所載の拙稿の転載を御許可賜りました『萬葉集研究』監修・編集各位に衷心より御礼を申し上げます。

あとがき

稲荷山古墳出土鉄剣は当初錆の塊としてあり、クリーニング作業（錆落とし）に際して、そのレントゲン写真を撮影したところ、刀剣の両面の金象嵌銘（最近は「金錯銘」と呼称）の文字が一度に浮かび上がり、文字判別は困難を極めたという。

右は極端な事例であるが、蓬左文庫本『出雲國風土記』は透き写し用の薄紙に筆記されており、裏面の用字が見え隠れする。かつてのマイクロフィルムからのCD-ROM焼付写真では、頁によって濃淡の差こそあれ、裏面の用字が二重写しになっていた。本文認定上の判断に迷い、ルーペによってその筆遣いを覗き見て判読するという場合が存在した。

この度、塙書房、名古屋市蓬左文庫、同文庫を介しての資料撮影会社双光エシックス各位のご努力により、ここに鮮明な写本画像をお届け出来ることになった。この点、関係各位に感謝申し上げたい。特に名古屋市蓬左文庫の学芸員木村慎平氏の献身的な御支援に衷心より御礼を申し上げたい。

本書の刊行は塙書房社主白石タイ様の御理解御支援の賜物であると共に、直々に編集・校正に携わってくださり、種々の御教示を賜った。末筆ながらここに記し、感謝の意を表明したい。

なお、翻刻の頁は編者の版下稿になる。外字は印刷所で作成し貼り付けて戴いたが、本文作成やレイアウト上の拙劣等は編者の責であることをここにお断りしておきたい。

廣岡義隆（ひろおか・よしたか）

略　歴
1947年１月　福井県大飯郡おおい町に生まれる。
1965年３月　滋賀県立彦根東高等学校卒業。
1969年３月　三重大学教育学部卒業。
1973年３月　大阪大学大学院文学研究科（国文学専攻）修士課程修了。
園田学園女子大学講師、三重大学人文学部教授を経て、
現在、三重大学名誉教授。博士（文学）大阪大学。

著　書
『万葉の歌　8・滋賀』（保育社、1986年）
『風土記』（新編日本古典文学全集）の「逸文」の部（小学館、1997年）
『萬葉のこみち』はなわ新書（塙書房、2005年）
『上代言語動態論』（塙書房、2005年）
『萬葉の散歩みち』（上・下・続）新典社新書（新典社、2008年・2013年）
『行幸宴歌論』（和泉書院、2010年）
『佛足石記佛足跡歌碑歌研究』（和泉書院、2015年）

蓬左文庫本出雲國風土記《ほうさぶんこぼんいずものくにふどきえいいんほんこく》影印・翻刻

2018年３月10日　第１版第１刷

編　者　廣岡義隆
発行者　白石タイ
発行所　株式会社　塙書房
〒113-0033　東京都文京区本郷６丁目８-16
電話　03(3812)5821
FAX　03(3811)0617
振替　00100-6-8782

亜細亜印刷

定価はケースに表示してあります。落丁本・乱丁本はお取替えいたします。

ISBN978-4-8273-0129-8　C3091